U0116758

同義詞

1000例

自測

商務印書館

同義詞自測 1000 例

作　　者：商務印書館編輯部

責任編輯：趙　梅

封面設計：張　毅

出　　版：商務印書館（香港）有限公司

　　　　　香港筲箕灣耀興道 3 號東滙廣場 8 樓

　　　　　http://www.commercialpress.com.hk

發　　行：香港聯合書刊物流有限公司

　　　　　香港新界大埔汀麗路 36 號中華商務印刷大廈 3 字樓

印　　刷：中華商務彩色印刷有限公司

　　　　　香港新界大埔汀麗路 36 號中華商務印刷大廈

版　　次：2012 年 9 月第 1 版第 1 次印刷

　　　　　© 2012 商務印書館（香港）有限公司

　　　　　ISBN 978 962 07 0339 3

　　　　　Printed in Hong Kong

詞目筆畫索引

本索引按筆畫數多少排列，同筆畫的字，按字的起筆，以橫、豎、撇、點、折為序。

揚名	22	進而	28	發掘	126	感謝	52
揭穿	72	復原	48	發揚	38	感觸	52
揭露	72	復興	48	發揮	38	匯合	62
喜愛	134	須要	138	發愁	36	當心	42
搜集	118	舒坦	116	發源地	38	鼎力	34
裁決	24	舒暢	116	發憤	38	嗜好	116
報怨	8	創立	26	發奮	38	暗然	4
聒噪	58	創建	26	結合	74, 124	蛻化	124
期待	100	創造	26	結餘	74	過度	58
期望	100, 130	創舉	26	給以	52	過渡	58
極限	64	勝地	112	給予	52	置疑	152
極端	64	勝利	18	絢麗	156	節支	76
惠贈	62, 146	痛苦	84			節制	76
惠顧	56	善於	110			節省	74
棘手	86	湮沒	138	**十三畫**		節約	74
雄壯	136	減少	68, 70			節餘	74
雄偉	136	減輕	68	頑固	126	傳達	26
雅正	50	減價	68	頑強	126	傳頌	26
貽誤	142	溫和	128	填補	90	傳誦	26
開拓	80	溫順	128	鼓動	110	毀壞	100
開端	34	溫暖	128	鼓舞	54	會合	62
開闢	80	渴望	130	鼓噪	58	會見	72
景色	78	渡過	34	鼓勵	54	愛好	116
景觀	78	寒冷	58	搶救	104	愛慕	4
幅	48	富裕	48	勢力	116	愛戴	2
無理	128	富餘	48	聖地	112	愛護	2
無禮	128	補償	98	敬仰	140	亂用	86
稀少	130	發生	16	敬贈	62	飼養	62
稀有	130	發佈	36	想念	118	頒佈	4, 36
等待	100	發明	40	逼迫	104	解除	92
策略	2	發祥地	38	感動	64	解僱	26
傑出	74	發現	40	感想	52	試驗	114
				感激	52		

相對　相應

在一些工廠，員工經常加班，卻沒有＿＿＿＿的報酬。

哀求　乞求　請求

"請您現在就買吧！先生，我餓極了！"小男孩＿＿＿＿到。

衝擊　衝撞

海底火山也有能夠抵抗海水＿＿＿＿的。

攻略　策略

這本《香港旅遊＿＿＿＿》為遊客提供了很大的方便。

愛戴　愛護

林肯是美國最偉大的總統之一，深受人們＿＿＿＿。

寧可　寧願

我＿＿＿＿生活過得清貧一些，也不願意做自己不喜歡的事情！

愛護　保護

斑馬的條紋除了可以辨別同類外，還可以＿＿＿＿自己不受攻擊。

"相應"所連接的句子前後有一定的因果聯繫;"相對"只是參考或者説相比較來説。

相應

兩者都有"撞擊"的意思,前者側重於主動出擊;後者側重於兩物體相撞產生嚴重的後果。

衝擊

兩者都有解決問題的方法、措施的意思,"攻略"比"策略"所指的對象更明確、更具體。

攻略

兩者都有兩面比較,選擇其中的一面的意思。"寧願"比"寧可"引導的取捨句主觀性更強。

寧願

"哀求"強調無可奈何,十分可憐的樣子;"乞求"形容低聲下氣地請求,含貶義;"請求"中性詞,莊重、嚴肅地提出要求。

哀求

"愛戴"與"愛護"都可以用於人,但"愛戴"只用於下對上,"愛護"用於平級之間或上對下,有時還用於物。

愛戴

"愛護"強調從心理上重視並加以保護,一般不帶賓語;"保護"強調從行動上盡力照顧而使不受傷害,可以帶賓語。

保護

愛慕　羨慕

這小伙子的神姿可真美，那姑娘眼裏充滿了＿＿＿＿＿＿。

把戲　伎倆

這小＿＿＿＿＿＿，只有對五、六歲的孩子才用得着！

安詳　慈祥　祥和

公園一派＿＿＿＿＿＿之氣，市民徜徉遊樂者眾。

擺設　陳設

王府中的＿＿＿＿＿＿，比皇宮的還要講究，而且數目龐大。

安置　安排

當這些骨頭的位置＿＿＿＿＿＿整齊的時候，稱為骨骼。

黯然　暗然

每當慮及母校的前途，她以至於＿＿＿＿＿＿淚下。

頒佈　公佈

中國把水杉的大名＿＿＿＿＿＿於世後，轟動了國際植物學界。

“愛慕”常指青年男女互相喜愛也指思想意識方面；“**羨慕**”着重於“羨”，見他人的長處、好處，自己希望也有。

愛慕

前者指花招，蒙蔽人的手法；後者指不正當的手段，貶義色彩重。

把戲

“安詳”指神態平靜、從容穩重；“**慈祥**”僅形容老年人的態度神色和藹安詳；“**祥和**”就氣氛而言。

祥和

兩者詞性不同：“**陳設**”動詞，擺設、裝飾的意思；“**擺設**”名詞，指供欣賞的藝術品或徒有其表而毫無用處的東西。

擺設

前者指使人或事物有着落，安放；後者指有條理，有先後的處理。

安排

“黯然”指陰暗的樣子，也用來指心裏不舒服、情緒低落的樣子；“**暗然**”的“暗”有光線不足、黑暗的意思。

黯然

前者指公佈法令、條例等大的正規性文件；後者指法令、文告、團體的通知等公開發佈。

公佈

包含　包括

這道題 _____ 着兩層意思。

比賽　競賽

他的巨大貢獻是從與時間 _____ 中爭取得來的。

保證　保障

我 _____ 今天能完成任務。

保存　保留

油畫既能經久 _____ ，又富有表現力。

"包含"側重於從深度或內在
聯繫上來說明事物含有的東
西，多用於抽象的事物；"包
括"側重於從範圍、數量上來
說明事物，多用於具體的事
物，也可用於抽象的事物。

包含

"比賽"多用於文化娛樂或體
育活動方面，也可用於勞動
方面，但"比較"的意味較突
出；"競賽"強調互相競爭而
奪取優勝，意思較為鄭重，
可用於勞動生產、文化藝術
創作等較重要的社會活動。

競賽

"保證"側重於擔保，確保一
定做到，對象多是動詞或者
動詞性短語；"保障"側重於
維護，確保使不受到侵犯和
破壞，對象多是名詞或者名
詞性短語。

保證

"保存"側重於使長期存在；
"保留"指長期存在並保持原
來的樣子。

保留

抱怨　報怨

上班族常常＿＿＿＿＿＿都市裏人群密集，交通擁擠。

崩潰　瓦解

清王朝危機四伏，已經到了＿＿＿＿＿＿的邊緣。

抱病　暴病

一場＿＿＿＿＿＿搞得他意志完全消沉了。

震動　振動

爆炸產生了強大的衝擊力，連周圍的房子也跟着＿＿＿＿＿起來。

背棄　背離

他身為保衛巴黎的將官，本應該與大家共憂患，但是卻中途＿＿＿＿＿＿了它。

必須　必需

水是我們生活中＿＿＿＿＿＿的東西。

前者指自己不滿情緒很大；後者指向怨恨的人作出反應。

抱怨

"崩潰"詞義較"瓦解"重。"崩潰"常用於國家，政治，經濟，軍事及思想體系等；"瓦解"常用於組織等。

崩潰

"暴病"與"抱病"兩者都與疾病有關，但詞性和詞義不同："暴病"指突然發作來勢很兇的病，是名詞；"抱病"指有病在身，動詞。

暴病

兩者都有因外力作用而顫動的意思。"振動"指具體事物的有規則的、程度比較輕的運動；"震動"形容事物無規則的、強烈的、影響較大的顫動。

9

震動

兩者程度不同："背棄"是自覺行動，詞義較重；"背離"可以是自覺行動，也可以是不自覺行動，詞義較輕。

背棄

"必須"是副詞，強調事實或情理上的必要性，多作狀語；"必需"是動詞，表示一定得有、不可缺少的，作定語或作謂語。

必需

必定　必然

看到爸爸坎坷的童年，我了解幸福並非＿＿＿＿＿＿。

編輯　編撰　編纂

《四庫全書》由清朝著名學者紀曉嵐負責＿＿＿＿＿＿。

庇護　袒護

父母不能過分地＿＿＿＿＿＿孩子的過錯。

邊疆　邊境

中國古代的烽火台，不僅建在＿＿＿＿＿＿地區，在中原也有。

畢竟　究竟

＿＿＿＿＿＿宇宙有多大呢？

變幻　變換

蘋果中有些分子和空氣中的氧分子結合，所以顏色會＿＿＿＿＿＿。

兩者都可以作副詞，表示一定、肯定的意思，**"必然"** 還可以做名詞，表示"一定是這個樣子"的意思。

必然

"編輯" 主要指對資料或現成的作品進行整理加工；**"編撰"** 指編纂編寫；**"編纂"** 指編寫（多指資料篇幅較大的著作）。

編纂

"庇護" 有意識、目的的掩護；**"袒護"** 是由於偏愛或出於私心而無原則的加以偏袒保護。

袒護

前者指靠近國界的領土，範圍較大；後者指靠近邊界的地方，範圍較小。

11

邊疆

"畢竟" 和 **"究竟"** 都是副詞，都有到底，説明事物的終究的意思。但 **"畢竟"** 只用於非疑問句，表示強調或肯定語氣；而 **"究竟"** 一般用於疑問句，表示追查或推求的語氣。

究竟

二者都是動詞，都有變化之義。**"變幻"** 指不規則的改變，多指抽象事物；**"變換"** 指事物的一定形式或內容換成另一種，多指具體事物。

變換

標誌　標記

燦爛的霓虹燈，是香港繁華的＿＿＿＿。

不免　難免

終於回到了魂牽夢縈的故鄉，＿＿＿＿想起許多往事。

病故　病逝

對於奶奶的＿＿＿＿，他心裏一直很難過。

不妨　何妨

既然你覺得在香港還沒有玩盡興，再去一次又＿＿＿＿？

不曾　未曾

一隻在山中長大的鳥飛到海邊，看見一條死魚，那是牠生平＿＿＿＿嚐過的。

不肖　不孝

他既是小人，又最＿＿＿＿，真是讓人厭惡。

猜想　推測

根據科學的＿＿＿＿，地心的溫度大約是二萬度。

"**標誌**" 多用作動詞，用於抽象事物；"**標記**" 多作名詞，用於具體的事物。

標誌

兩詞的感情色彩不同，"**病故**" 是一種委婉的説法，不願逝者離去；"**病逝**" 是中性詞，客觀地陳述。

病故

"**不妨**" 多用於表示肯定的陳述句；"**何妨**" 多用於反問句中，和 "又、又有" 搭配。

何妨

前者指品行不好 (多指子弟)；後者指對父母不敬。

不肖

"**不免**" 是免不了的意思，後面跟肯定形式；"**難免**" 指不容易避免，後面跟否定詞，意思卻是肯定的，如後面緊接的是肯定的意思，則要與 "要、會" 搭配。

不免

兩者都是沒有發生意思。前者主要用作口頭語，後者書面色彩更濃。

未曾

兩者都是對未知事物的想像。"**推測**" 多有已知的事物做依據；"**猜想**" 只是憑主觀想像，不一定有甚麼根據。

推測

參加　參與

週末，他還要去_____學校的天文愛好者協會。

不知所措　手足無措

他驚慌得_____，連連喊道："這算甚麼！"

草率　輕率

沒有調查就得出這樣一個_____結論，太不負責任了。

14

才能　才華

出版商因為賞識巴爾扎克的_____，而與他簽訂了終身合約。

操縱　把持

特權之間的外在界限不會因為有某人在背後_____而受到破壞。

"**參與**"的應用範圍比較窄，對象多是某種活動；"**參加**"應用範圍較寬，還可以和具體組織、集團搭配。

參加

兩者都有不知道怎麼辦才好的意思。"**不知所措**"強調心裏着急，一時沒有主意；"**手足無措**"強調舉止慌亂，不知道怎麼應付。

手足無措

兩者都有做事不認真的意思。"**草率**"側重於態度不認真；"**輕率**"側重於心理上不夠重視。

輕率

15

兩者都是名詞，都含有能力、特長之意。"**才能**"側重於做事的能力；"**才華**"側重於在文學藝術方面顯露出來的智慧和特長。

才華

"**把持**"強調公開地控制、壟斷，多至霸佔位置、權力，不讓別人參與；"**操縱**"則指憑技能、技巧控制或管理機器、儀器等用不正當的手段支配、控制某事或某人，這種支配控制大多是在幕後進行的。

操縱

草擬　起草

1945 年召開的聯合國國際組織會議_____《聯合國憲章》。

查詢　查問

警察_____了這場事故的有關的人員。

側目　刮目

父親在外國文學方面的造詣足以使專業人士_____。

察看　查看

水利工程師_____地形，開渠道，引進河水。

剷除　消除

跑步可以_____腦力勞動的疲勞，預防神經衰弱。

產生　發生

不希望看到的事情還是_____了。

長年　常年

他_____帶兵打仗，瞎了一隻眼，丟了一條腿。

16

語體色彩不同，"**起草**"即可用於書面語，又可用於口頭語；"**草擬**"主要用於書面語。

起草

兩者都有調查詢問的意思，"**查問**"還可用於警察等人的審查盤問。

查問

"**查看**"側重於檢查，"**察看**"側重於仔細觀察。

察看

"**發生**"指沒有的事出現了；"**產生**"已有事物中生出了新的事物。

發生

"**側目**"的意思是不敢從正面看，斜着眼睛看，形容畏懼而又憤恨，是貶義詞；而"**刮目**"是說用新的眼光來看待，是褒義詞。

刮目

17

"**剷除**"既用於具體事物，也用於抽象的事物；"**消除**"多用於抽象的事物。

消除

"**長年**"一年到頭，整年；"**常年**"終年常期。

常年

常　　長

但願人_____久，千里共
嬋娟。

猖狂　猖獗

2003年，"非典"在中國
異常地_____。

場合　場所

他身份顯赫，常出席盛大
_____，但對衣着並不講
究。

嘲笑　譏笑

同學都_____我的髮型！

嘲弄　嘲諷

一天之內，竟然淋了兩次
雨，他不得不認為這是上天
對他的_____。

成功　勝利

許多工具是根據我們的手的
模樣仿造_____的。

"常"有一般普通、經常，固定不變的和常常，時常的意思；"長"可指長度；指距離遠或時間長，再引申指永遠，還表示長處擅長。

長

"猖狂"着重於狂妄、任意妄為，一般形容敵人進攻、破壞行為；"猖獗"重指兇猛、放肆，程度比"猖狂"更重，此外，還可以形容病害、謠言、錯誤的的思想。

猖獗

"場所"指地點或處所；"場合"除地點處所外，還包括時間、條件和情況等因素。

場合

兩者都含有看不起人，取笑人的意思，但語義程度不同。"嘲笑"是一般的取笑，語意比較輕；"譏笑"指帶有諷刺挖苦意味的取笑，語意較重。

嘲笑

兩者都有用言語笑話對方的意思。"嘲弄"側重於用神情、動作拿別人開心；"嘲諷"側重於用話語或者文字譏笑別人。

嘲弄

兩者的感情色彩和搭配不同。"成功"是中性詞，多指演出、試驗等事業方面；"勝利"多用於戰鬥、比賽等，是褒義詞。

成功

承諾　許諾

我們一定要遵守我們的
＿＿＿＿，不能出爾反爾。

呈現　顯現

桃紅柳綠，鶯歌燕舞，
＿＿＿＿出一片活潑的景
象。

成績　成就　成果

哈克博士把這研究＿＿＿＿
看成至寶，只讓他看五分
鐘。

承受　經受

這塊薄木板＿＿＿＿不住
一百斤的重物，終於斷了。

兩者都有給予別人一定去做某事的答覆，"**承諾**"一般用於比較正式的場合；"**許諾**"則用於非正式的場合。

承諾

兩者都是表示動作的詞，指具體的事物在眼前顯現出來。"**呈現**"較清楚，持續的時間長，多是直接看到的(不是想像的)，對象多是現實的事物，如顏色景色神情氣氛等，也可以是抽象的事物；"**顯現**"側重指明顯地表現出來，多用於具體的事物。

呈現

"**成績**"用於一般事物(如工作、學習、體育運動等)，中性詞；"**成就**"用於重大事情(如革命、建設、科技等)，語氣鄭重，褒義詞；"**成果**"是指工作或事業的收穫，是褒義詞。

成果

兩詞的適用範圍不同。"**承受**"既可以是具體事物，也可以是抽象的；"**經受**"一般是考驗等抽象事物，適用範圍比較窄。

承受

馳名　揚名

那_____中外的紅富士蘋果，果真又大又紅。

持續　繼續

但是，這樣平靜的日子沒有_____多長時間。

充斥　充滿

我們的生活_____歡笑。

充當　充任

他挑選一些身強力壯的青年，在身邊_____保衛。

斥責　叱責　訓斥

霍元甲偷學武藝被父親知道了，父親狠狠地_____了他一頓。

充足　充沛　充分

他始終都是精力_____，鬥志昂揚。

"**馳名**"側重名聲傳播的結果;"**揚名**"既可以指結果,又可以指過程。

馳名

兩者都有保持不斷的意思,"**持續**"指中間沒有間斷;"**繼續**"中間可以有間斷。

持續

兩者都有填滿的意思。"**充斥**"多用作書面語,用於不好的事物;"**充滿**"則沒有這兩方面的限制。

充滿

兩者都有擔任某種職務的意思。"**充當**"適用的對象既可以使人也可以是物;"**充任**"的對象只能是人,而且常做書面語。

充當

都含用嚴厲的語言指責別人的錯誤或罪行的意思。"**斥責**"偏重於嚴辭指責;"**叱責**"偏重於大聲喝叱,強調聲音大;"**訓斥**"側重於教導,常常是上級對下級,長輩對晚輩。

訓斥

三者都有足夠的意思。"**充足**"多與自然界或物質方面的比較具體的東西如陽光、水源等搭配;"**充分**"多與比較抽象的事物如條件、理由搭配;"**充沛**"多與表示精神方面的抽象概念如體力、精神等搭配。

充沛

躊躇　遲疑

如果＿＿＿＿不決，優柔寡斷，一件事也做不成。

出籠　出爐

美國國家隊名單昨天終於＿＿＿＿，22 名球員榜上有名。

出生　出身

軍人＿＿＿＿的他，做起事來一向雷厲風行。

處罰　懲罰

只要她高興，怎麼＿＿＿＿我都可以。

處決　裁決

他知道自己罪不可免，於是就靜靜地等待着＿＿＿＿。

處世　處事

他做人＿＿＿＿都須對全家的榮譽負責。

處置　處理

愛迪生＿＿＿＿意外極為神速。

"**遲疑**"從時間角度説，該拿定主意時拿不定，不果斷，多為口語；"**躊躇**"是就具體行動角度説，猶豫而不果斷行事，多用於書面語。

遲疑

"**處罰**"側重於犯罪或者犯錯誤的人受到應有的制裁；"**懲罰**"側重於給予懲戒，對象不一定是犯錯誤的人。

懲罰

"**處決**"的對象既可以是一般事件，也可以是違法事件；"**裁決**"的對象是嚴重的違法犯罪現象，依據法律進行裁決。

裁決

"**出籠**"比喻壞的作品發表或偽劣商品上市等，含有貶義；"**出爐**"比喻新產生出來，屬中性詞。

出爐

前者泛指在社會上的活動和人際交往；後者指處理事務。

處世

"**出身**"指人的早期經歷或身份；"**出生**"生下來，側重於自然屬性。

出身

"**處理**"使用範圍較"**處置**"寬，不僅可用具體人或事物，還用抽象的事物，如"處理關係、處理矛盾"。

處理

聳立　聳立

珠穆朗瑪峰＿＿＿＿在白雪
皚皚的群峰之中。

創舉　創造

中國人不僅勤勞勇敢，而且
富有＿＿＿＿精神。

傳達　轉達

最先是把消息送到腦那裏，
然後再＿＿＿＿到各部。

垂詢　徵詢

為準備這份提案，兩位代表
＿＿＿＿各行各業人士的意
見。

傳頌　傳誦

他為災區孩子捐資建校的事
情＿＿＿＿開來。

辭退　解僱

富翁見兒子如此聰明，便
＿＿＿＿了老師。

創建　創立

該行於 1865 年在香港和上
海＿＿＿＿，為中國及歐洲
之間的商貿活動提供資金。

26

"矗立"着眼於直，是直而高地立着，一般用於物，不用於人；"聳立"着眼於高，高而突出地立着。

聳立

"創舉"是指前所未有的影響大的舉動或事業；"創造"強調是前所未有的、新的，但不一定影響很大。

創造

都有轉告他人話語的意思。"傳達"側重於上下級、不同層次之間；"轉達"則沒有等級上的差別。

傳達

"垂詢"是敬辭，表示別人（多是長輩或上級）對自己的詢問；"徵詢"是徵求之意。

徵詢

前者多用於美名；後者多用於事蹟。

傳誦

"辭退"在表達停止僱用的意思時，強調恢復沒有僱用關係的原來狀況，含有"使僱用者離去"的意味，意思比"解僱"略輕。

辭退

"創建"主要指國家、機構、制度開始建設；"創立"黨派、學校等從無到有的建立過程。

創立

醇厚　淳厚

這瓶窖藏了三百多年的茅台，口味十分＿＿＿＿＿＿。

次序　秩序

我們應該把時間分配好，把事情一件件依着＿＿＿＿＿＿去做。

從而　進而

他的理想是先做一位電影編劇，＿＿＿＿＿＿成為一位大導演。

篡改　改動

無論他怎麼掩蓋，歷史也是無法＿＿＿＿＿＿的。

粗暴　粗魯

＿＿＿＿＿＿的方法不能解決問題，溫和的方法更有效。

措施　辦法

第二項改革＿＿＿＿＿＿同樣令人震驚不已。

大方　慷慨

這多花的花瓣既薄又＿＿＿＿＿＿，比菊花美麗、香郁。

"醇厚"口味純正濃厚，亦用
於人的品質或風俗，此時同
"淳厚"；"淳厚"只指品質、
風俗質樸敦厚。

醇厚

"粗魯"意思着重於"魯莽"，
可形容人性格，更多形容人
的具體行為、言談等；"粗
暴"意思着重在"暴躁"，多形
容人的性情、態度、作風等。

粗暴

"次序"先後順序；"秩序"有
條理、不混亂的情況。

次序

"進而"表遞進關係；"從而"
承接，表因果關係。

進而

"措施"只應對中大時間的方
法，一般用於書面語；"辦
法"解決問題的方法，口頭用
語。

措施

"改動"指對文件、古書等進
行改動，是中性詞；"篡改"
指別有用心的、用不正當的
手段進行修改，是貶義詞。

篡改

兩詞都有不吝嗇的意思，"大
方"一般作為口頭語；"慷慨"
主要用作書面語。

大方

29

大義　大意

這首詩＿＿＿＿＿的是讚美母愛的崇高和偉大。

大概　大約

由於時間緊急，他只把事件＿＿＿＿＿的過程説了一下。

大致　大概

當前科學界對史前文明滅亡的原因＿＿＿＿＿上有兩種説法。

大肆　大事

播出前，這部電影進行了＿＿＿＿＿地宣傳。

但是　儘管

發現別人的缺點很容易，＿＿＿＿＿知道自己的弱點就不那麼容易了。

兩者都可以做副詞，表示對事情的情況、數量、時間的推測和估計的意思。"**大概**"還可以用作形容詞，表示情況的不夠準確和詳盡，"**大約**"很少有這種用法。

大概

"**大義**"大道理，如"微言大義"；"**大意**"主要的、大概的意思。

大意

"**大概**"側重從整體上籠統地看，不詳盡的、不精確；"**大致**"表示估計差不多如此或者和原來差不多。

大致

"**大肆**"毫無顧及的做壞事，"**大事**"是大力從事。"**結合**"人或事物間發生密切聯繫，也指結為夫妻。可用於具體事物，也可用於抽象的事物。

大肆

"**但是**"表示轉折關係；"**儘管**"表示姑且承認某種事實，下文往往有"但是、然而"等表示轉折的連詞跟它呼應，反接上文。

但是

倒影　倒映

湖水晃動着綠島和白雲的

_____，彷彿仙境一般。

抵禦　抵擋

小舟上有兩個人正在用力

_____風暴。

到底　畢竟

這個人那麼難纏，_____

還是叫你給説服了。

抵達　到達

明朝的鄭和於一四〇五年的

首航就已經_____非洲。

典雅　高雅

他喜歡開_____的玩笑，

愛聽新奇的故事。

典型　典範

在眾多學生中，他的厭學情

緒是最_____。

凋敝　凋零

秋天，樹木花草，大都由繁

茂而逐漸_____。

兩詞的詞性不同，"**倒影**"是名詞；"**倒映**"是動詞。

倒影

"**抵禦**"比較主動，是有計劃地，投入相當強大的人力、物力進行防禦；"**抵擋**"則是較被動的行動，往往是事到臨頭而採取的應付措施。

抵禦

兩詞都有追根究底的意思。"**到底**"常用作口語，"**究竟**"詞義色彩更重，既可以用作書面語，也可做口頭語。

到底

兩者都有到了某地的意思。"**抵達**"後面只能接表示地點的詞語；"**到達**"還可以與表示階段、境界等抽象的名詞搭配。

抵達

前者指優美而不粗俗；後者指高尚而不粗俗。

高雅

"**典型**"是中性詞，有形容詞用法，可受"不、很"修飾；"**典範**"是褒義詞，只能作名詞。

典型

"**凋敝**"指衰敗、困苦，側重於對民生不景氣的形容；"**凋零**"指凋謝、零落，側重於對花草樹木敗落的形容。

凋零

鼎力　全力

這次能成功全靠你的幫助，他日有託，本人定當_____相助。

陡峭　峻峭

這座山並不大，卻_____挺拔。

惦念　紀念　懷念

爸爸出差好多天了，我很_____他。

度過　渡過

在奶奶家，我_____了一個愉快的童年。

調節　調解　斡旋

造林的間接利益，是能_____氣候，減少水旱災害。

端倪　開端

這場目前只略見_____的科技革命，其前景應該是輝煌的。

"惦念"指牽挂、思念，一般只用於人；"紀念"指對已經發生的事情或者逝去的人的悼念；"懷念"指對失去的不復返的時光、日子或者往事或人強烈的想念。

惦念

"調節"指從數量上或程度上調整，使適合要求；"調解"指勸説雙方消除糾紛；"斡旋"意思"調解"，書面語，不帶賓語。

調節

"全力"意思是全部力量或精力，用於修飾自己；"鼎力"指大力，是敬辭，表示請托或感謝時用。

鼎力

前者側重於山的坡度大而陡直，後者側重於山勢的高而險。

峻峭

"度過"用於時間方面；"渡過"用於有水面的空間或難點、危機、困難時期。

度過

"端倪"事情的眉目，頭緒、邊際；"開端"事情的起頭、開頭，"略見端倪"是固定搭配。

端倪

堆積　淤積

牠們的羽毛稀疏而又粗糙，上面 _____ 着厚厚的污垢。

哆嗦　顫抖

小花貓冷得直打 _____，正喵喵地叫着。

兌現　兌付

小青蛙來到皇宮門前，大聲叫喚小公主，請她 _____ 許下的承諾。

恩惠　恩賜

博士們知道過年有皇上 _____ 的羊肉吃，都十分高興。

對於　關於

_____ 她的話題總是源源不斷，經久不衰。

發佈　頒佈

秦始皇統一中國以後，就 _____ 了統一度量衡制度的法令。

對照　參照

有人用書中所記載的地理，製成地圖，和現在的情形 _____，很少差異。

發愁　憂愁

他的臉上寫滿了思鄉的 _____。

"**堆積**"指事物聚集成堆;"**淤積**"指水裏的泥沙等沉積。

堆積

前者多用於口語,後者多用於書面語。

哆嗦

"**兌現**"比喻實現諾言;"**兌付**"憑票據支付現款。

兌現

前者是名詞,給予或受到的好處;後者是動詞,泛指因憐憫而施捨。

恩賜

兩者都是介詞,前者引進對象或事物的關係者;後者引進某種行為或某種事物的關係者,組成介賓短語。

關於

"**發佈**"主要用於上下級之間;"**頒佈**"用於重大的政策性比較強的法令條文,一般用於書面語。

發佈

"**對照**"強調對比;"**參照**"參考比較。

對照

兩者詞性不同,"**發愁**"是動詞,可帶賓語;"**憂愁**"是形容詞。

憂愁

發奮　發憤

他覺得不能再這麼下去了，
於是決心＿＿＿＿讀書。

發源地　發祥地

長江流域，無疑也是中華民
族文化的＿＿＿＿＿之一。

38

發揮　發揚

在父親的培養下，她的音樂
天賦得到了充分的＿＿＿＿。

繁盛　繁榮　繁華

這兒原來是荒灘，現在成了
＿＿＿＿的商業區。

"**發奮**" 強調精神振作，可以指個人，也可以指群體或國家；"**發憤**" 突出精神受到刺激而產生向上的內動力，一般指個人。

發憤

"**發源地**" 和 "**發祥地**" 都指事物發生起源的地方，但前者多指事物開始發生，所指事物多為具體的，而後者多用於抽象事物起源、興起之地。

發祥地

"**發揚**" 一般與精神、作風等抽象的、原來就存在的值得進一步擴大的東西相搭配；"**發揮**" 則與作用、威力等內在的尚未顯現的事物相搭配。

發揮

"**繁華**" 興旺、熱鬧，主要用於具體的、較小的地方；"**繁榮**" 側重於發展勢頭好，既可以用於具體的、小的方面也可用於大的抽象的事物；"**繁盛**" 側重於氣勢大，多用於商業、都市、社會等，書面色彩比較重。

繁華

發明　發現

愛迪生＿＿＿＿＿了電燈，讓人類在黑夜裏享受光明。

反襯　陪襯

牽牛花的下面長着幾根疏疏落落的尖細的秋草，作＿＿＿＿＿。

繁雜　煩冗

古代的橋不但數量多，造型也是花樣＿＿＿＿＿，風格各異。

反而　反倒

小男孩原本想幫助蝴蝶，沒想到＿＿＿＿＿害了牠。

繁重　沉重

琦琦的家務事那麼＿＿＿＿＿，但她學習還是那麼好。

反省　反思

一路上，誰也沒説話，大家都在心裏＿＿＿＿＿自己。

前者側重於創造，後者側重於找到。

發明

"陪襯"指附加其他事物使主要事物更突出；"反襯"指利用與主要形象相反、相異的次要形象，從反面襯托主要形象。

陪襯

兩者都強調過多多餘的成分造成雜亂的局面，"煩冗"多用於書面，"繁雜"書面和口頭都可以。

繁雜

兩者都表示和前文的意思相反，"反而"強調轉折；"反倒"強調到轉過來，意思比"反而"重。

反而

"繁重"着重於事情多而責任重；"沉重"着重於量重，它的適用範圍大，還可指分量重，程度深，還指關係重大，還可以引申為心情不暢，精神不愉快。

繁重

兩者都有對過去的思考，"反省"強調對自己的錯誤的認識，常用於個人；"反思"強調對過去經驗、教訓的總結，既可以用於個人，也可以用於自己所參與的事情。

反省

反問　反詰

子欣感到莫名其妙，_____
他："甚麼獎品？"

防止　阻止

警察站在馬路中央，_____
每一位行人闖紅燈。

反應　反映

聽到貓的叫聲，老鼠的第
一_____就是趕緊往洞裏
鑽。

妨礙　妨害

這家工廠排放的廢氣廢水，
污染了環境，_____了居
民們的健康。

範圍　範疇

去到更大的_____，才知
道自己如此渺小。

放心　用心　當心

終於買到了我渴望已久的
書，回家後一定要_____
地閱讀。

防備　戒備

牧羊犬常被養來保護羊群，
_____野獸來侵害。

廢除　廢止

科舉考試到 1905 年_____。

兩者都有向別人發問的意思，"**反問**"是及物動詞，可帶賓語；"**反詰**"是不及物動詞，不能帶賓語。

反問

兩者都有阻擋別人做某事的意思。"**防止**"指在事情發生前做好預防的準備；"**阻止**"指對正在發生的事情採取措施。

防止

前者泛指有機體對外界刺激的任何回答，較具體；後者是物質的普遍屬性，較抽象。

反應

前者指使事物不能順利進行；後者指有害於事物發展（程度重）。

妨害

"**範疇**"是哲學名詞，有時可以當類型、範圍用，但更多情況下是不能換用的。

範圍

"**放心**"指心緒安定，沒有憂慮和牽掛；"**用心**"指集中注意力，專心幹事；"**當心**"指小心、留意的意思。

用心

"**防備**"是指作好準備以應付攻擊或避免受害；戒備是指防備和保護。

防備

"**廢除**"強調、取消，使不存，對象多是不合理的東西；"**廢止**"使停止的意思，對象多是過時的東西。

廢除

43

分崩離析　四分五裂

東漢末年，中國實際上陷入了＿＿＿＿＿的局面。

風靡　流行　盛行

魔方這種智力玩具曾＿＿＿＿全球。

分辨　分辯

一個人的成長不在於外表打扮，而在於懂得＿＿＿＿＿是非，明白事理。

風氣　風俗　風尚

中國一講到紋身＿＿＿＿＿，就要講到五六千年前的越族。

兩者都有分裂瓦解的意思；
"分崩離析"多用來指國家或
集體，書面色彩比較強烈；
"四分五裂"強調國家、家庭
的破裂，口語色彩比較強。

四分五裂

三者都有廣泛傳佈的意思。
"風靡"適用範圍廣，詞義
重，不能受程度副詞的修
飾，不及物動詞；"流行"詞
義較輕，可以受程度副詞的
修飾，是及物動詞；"盛行"
強調當下的勢頭猛，尤其受
歡迎。

風靡

"分辨"是指把兩個以上的人
或事物區分開，有分析辨別
的意思；"分辯"指為消除所
受的指責而進行解釋說明，
與"辯解"意思相同。

分辨

"風氣"指社會上或某個集體
流行的愛好和習慣；"風俗"
指社會上長期形成的風尚禮
節習慣等的總和，範圍較
大；"風尚"指在一定時期中
社會上流行的風氣和習慣。

風俗

風趣　幽默　詼諧

他愛説愛笑，還很_____，
常常令身邊的人得到歡笑。

膚淺　浮淺

來中國之前，她對中國的認
識和了解非常_____。

豐盛　豐富

_____的節目，使我們忘
記了疲勞。

伏法　服法

和珅_____以後，家產全
部沒收充公。

否則　反之

當浮力大於物體所受的重力
時，物體上浮；_____，
物體下沉。

扶持　扶助

在老師和同學的_____
下，我度過困難的適應期。

三者都是有趣、引人發笑的意思。"**風趣**"重在內容積極而富有趣味;"**幽默**"重在言談舉止滑稽多智;"**詼諧**"重在說得有趣,引人發笑。

幽默

"**膚淺**"(學識)淺,理解不深;"**浮淺**"(思想作風、文章風格)淺薄、不切實。

膚淺

"**豐富**"物質財富、學識經驗等種類多或數量大;"**豐盛**"指食物豐富、充足。

豐富

"**伏法**"依法處以死刑;"**服法**"認罪。

47

伏法

"**反之**"是與之前所述,完全相反,中性詞;"**否則**"是與之前所述內容不同,一般指結果,貶義詞居多。

反之

"**扶助**"的對象一般是有困難的、的確需要幫助的,褒義詞;"**扶持**"支持、保護的意思,對象不一定是弱小的,中性詞。

扶助

扶養　撫養　贍養

父母有＿＿＿子女的責任，子女有＿＿＿父母的義務。

撫育　哺育　撫恤

萬物離開了陽光的＿＿＿，頓時失去了生機。

48

　　　幅　副

媽媽冬天經常戴着＿＿＿很舊的手套。

　　復興　振興

諸葛亮輔助漢室後裔劉備建立蜀漢，矢志＿＿＿漢邦。

　　富裕　富餘

自從她負責生活開支以來，我們就過得很＿＿＿。

　　復原　恢復

人們攪亂了自然界的平衡，現在又用人工措施去＿＿＿。

"**扶養**"扶助、供養,用於有各種扶養關係的人之間;"**撫養**"愛護並教養,用於長對幼;"**贍養**"多用於晚輩對長輩平輩之間或對殘疾人;或用於法律關係(父子夫妻等)。

撫養　贍養

"**撫育**"指照料教育兒童或照管動植物;"**哺育**"指餵養,比喻培育;"**撫恤**"指(國家或組織)對因公受傷犧牲或殘廢人員的家屬進行安慰並給以物質幫助。

哺育

49

"**幅**"用作量詞時,一般修飾布料、絲織品,也用來表示圖畫、布匹等;"**副**"作量詞時,表示成套的東西。

副

兩者都有使興盛的意思:"**復興**"的對象一定有過興盛的歷史,而"**振興**"則不一定。

復興

前者指財物充足;後者指足夠而有剩餘。

富裕

"**復原**"一般只用於健康和具體的物體,是不及物動詞;"**恢復**"適用的範圍比較廣,可以是及物動詞,也可以不是。

復原

賦予　付與

這段流浪的士兵生涯，_____他人生經驗、寫作靈感。

改善　改進

工作人員的服務態度有了明顯的_____。

改正　糾正

這樣的寫字姿勢對眼睛不好，你最好把它_____過來。

改正　雅正　矯正

我的一首小詩發表了，現抄寄給你，請_____。

改革　改造

牠們不得不_____牠們的身體去適應新環境。

干預　干涉

孩子過多玩網路遊戲，父母應適當加以_____。

前者指（上對下）交給，是特殊用法；後者指拿出交給，是一般用法。

賦予

"改善"指使原來的條件或情況變得更加完善，多用於關係、條件等；"改進"強調改掉事物中不好、不合理的，使進步，多用於工作、方法等。

改進

"改正"對象偏重錯誤、缺點等方面，有自覺意味；"糾正"偏重方向、路線等方面，有強制意味。

改正

"雅正"把自己的詩文書畫等送給別人，表示請對方指教的敬辭，"改正"把錯誤的改為正確的。

雅正

"改革"重在性質的變化，廢除不合理的部分、保留合理的部分；"改造"重在性質的根本改變或者大部分改變，可以用於人。

改造

"干涉"強調強行過問或制止別人的事情，含貶義；"干預"強調對別人的事進行一定的影響，中性詞。

干預

干擾　打擾

那麼多人在鬧市聚會，
_____ 了交通秩序。

各別　個別

本書在前五十回的基礎上精
選而成，中間 _____ 地方
略有刪節。

給予　給以

你難道就這樣報答我 _____
你的恩惠嗎？

52

感激　感謝

老人一直受到鄰里的照顧，
他的心裏很 _____ 。

工夫　功夫

三年過去了，他畫畫的
_____ 有了很大的進步。

感想　感觸

於是，他拿起筆，寫下自己
"隨時隨地的 _____" 。

公平　公道

他覺得這種待遇實在不
_____ 。

"個別"單個，極少數；"各別"各不相同，有分別或特別。

個別

兩者都有影響他人或者社會，使之不能按照願來方式進行的意思。"干擾"語義比較重，用於比較重大的事件，也可以用於個人較小的事件；"打擾"語義較輕，僅用於個人的小事情。

干擾

前者是書面語，也作"給與"；後者所帶賓語只是所給的事物，不說接受的人，並且多為抽象事物。

給予

53

"感謝"指把感激之情有某種方式表達出來，感情程度比較淺；"感激"強調感情色彩比較激烈。

感激

前者一般用來指時間時候；後者指本領造詣，主要指耗費的精力。

功夫

"感想"引起的想法，可多可少，可深可淺；"感觸"強調比較深刻的觸動。

感想

"公平"形容處理事情的態度；"公道"形容人的品德、對人對事的評說和處置，口語色彩比較濃厚。

公平

公然　公開

她終於＿＿＿＿了那個大家
都很想知道的秘密。

功勞　功績　功勳

為了表彰哥倫布的＿＿＿＿，
西班牙王后親自設宴招待
他。

功效　工效

冬瓜不但味道鮮美，還有明
目的＿＿＿＿。

鼓勵　鼓舞

祖利奧又被大家高興的樣子
＿＿＿＿起來。

功夫　本領

就你這三腳貓的＿＿＿＿，
還想登台表演？

關注　關照

她的行動也引起很多人
＿＿＿＿的和支持。

前者指公開的，毫無顧忌的（貶義）；後者指(與秘密相對)不加隱蔽的。

公開

三個詞一個比一個語義嚴重，三者都有付出的勞動或作出的貢獻的意思。"功勞"多用於一般的事情；"功績"重在特殊、重大的貢獻；"功勳"指特殊而重大的貢獻。

"功效"指效力、效率或用最少的消耗以產生預期效果的能力；"工效"工作效率。

功效

功績

"鼓勵"一般是一方督促另一方向某個明確的目標前進；"鼓舞"則沒有明確的目的。

鼓舞

兩者都有技能、能力的意思，"功夫"只需要經過專門的訓練而具備的專門的、複雜的能力，用於非正式的場合；"本領"即可指一般的技能，也可指較複雜的技能，口語、書面語都可以用。

前者指關心重視；後者指關心照顧。

功夫

關注

觀察　觀測

古代人早已＿＿＿＿到了彗星。

光臨　惠顧

這時大家才知大年夜＿＿＿＿的貴客是乾隆皇帝。

觀賞　觀看

明天，我和爸爸要去體育館＿＿＿＿一場足球比賽。

廣闊　廣大

父親擁有海一樣的＿＿＿＿的胸懷。

貫穿　貫串

他的背被尖刀＿＿＿＿了，他用生命拯救了祖母。

規劃　計劃

城市既要有水源，也要有生活污水處理的＿＿＿＿。

灌注　貫注

這是他用心血＿＿＿＿的一朵鮮花。

規則　規定

既然你加入了這個組織，就應該遵守它的＿＿＿＿。

前者指仔細察看客觀事物或現象；後者指觀察並測量(天文地理氣象方向等)或觀察並測度(情況)，如：觀測敵情。

觀測

前者是敬詞，稱賓客的來到；後者是商店對顧客的敬詞。

光臨

"**觀看**"重點在於用眼睛看；"**觀賞**"重點在於感情上的欣賞。

觀看

"**廣大**"只能和表示處所的名詞搭配；"**廣闊**"可以用於抽象事物。

廣闊

57

前者指穿過通過(較具體的事物)；後者指從頭到尾穿過一個或一系列事物。

貫穿

"**規劃**"一般用於長遠的、重大的、全局性的事務；"**計劃**"則沒有這些限制。

規劃

前者指用液體澆灌；後者指精力集中，有貫穿下去的意思。

灌注

"**規則**"含有標準的意味，一般為書面的、大家普遍遵守的；"**規定**"強調人為的因素，適用於部分人。

規則

聒噪　鼓噪

清晨，金兵戰船＿＿＿＿前
進，想衝破宋軍的封鎖線。

過度　過渡

狐狸還假裝用力＿＿＿＿，
摔倒在地上，爬不起來。

國事　國是

從此，國王不再沉迷於酒
色，開始整頓＿＿＿＿。

果斷　決斷　武斷

倉促間＿＿＿＿地處理，對
當事人太不公平了。

涵義　意義　意思

徜徉在花海中感受到許多尋
常的道理中新鮮的。

寒冷　嚴寒　酷寒

在溫帶，因為冬天＿＿＿＿
的緣故，無花果在冬季便會
停止生長。

"聒噪"是方言,指聲音雜亂,吵鬧;"鼓噪"古代指出戰時擂鼓吶喊,以張聲勢,今泛指喧嚷。

鼓噪

三個詞都有"作出決定"的意思,但感情色彩不同。"果斷"表示考慮問題處理問題能及時堅定地做出合理的判斷和決定,褒義詞;"決斷"做出的最後決定,指決定事情的魄力,中性詞;"武斷"表示考慮問題和處理問題不顧客觀實際,憑個人主觀見解輕下結論或做出決定,貶義詞。

武斷

"過度"形容詞,過分;"過渡"發展變化到另一階段。

過度

"涵義"泛指事物所蘊含的意思;"意義"多指事物本身表達的意思;"意思"事物蘊含的道理。

涵義

前者指國家大事,後者指國家大計,國家的大政方針。用後者的地方一般也可用前者,但反之卻不一定,比如較具體的事務,就不能用"國是"。

國事

三者都表示很冷,但程度一個比一個深。"寒冷"指一般程度的冷;"嚴寒"指很冷;"酷寒"非常冷。

寒冷

合計　核計

這本《隨想錄》_____42萬字，花費他整整8年時間。

痕跡　蹤跡

冰雪鋪滿大地，群山早已失去了飛鳥的_____。

轟然　哄然

她還沒有說完，同學們就_____大笑起來了。

宏大　洪大

這可真是個的_____志向，該花多大力量，多長時間啊！

核心　中心

是甚麼讓香港成為遊人們競相追逐的_____呢？

化裝　化妝

鴨子邀請了很多朋友，準備舉行一個_____舞會。

前者指盤算，商量或者合在一起計算；後者指核算（成本）。

合計

"中心"居於主要地位，起主幹作用的或事物的主要部分；"核心"強調事物或事情重要性，賴以支援其存在的那一部分。

"痕跡"指物體留下的印記或殘存的跡象；"蹤跡"重在行動後留下的痕跡。

蹤跡

中心

"轟然"大聲；"哄然"許多人同時發出聲音。

哄然

"化裝"指假扮或演員為了適合所扮演的角色形象而修飾容貌。"化妝"的含義：（1）特指藝術範疇，適用對象是指特定的表演者，有通過修飾打扮而改變原來面貌的意思。該詞義與"化裝"是可以通用的。（2）指生活化妝，有用脂粉等裝飾品修飾容顏，使容貌美麗的意思。前者側重於裝扮，後者側重於打扮。

"宏大"側重於規模大，常用於建築物、隊伍、場面、理想；"洪大"聲音大而響亮。

宏大

化裝

煥發　激發

她精練的技藝和美麗的容貌，_____ 了他熱烈的愛情。

彙集　薈萃

_____ 多枚藏家青睞的中國郵政正式發行的珍貴郵票，舉世同珍。

豢養　飼養

有許多著名的動物園，_____ 着這種奇異的鳥。

會合　匯合

她把觀察到的行為、聽到的說話記錄下來，_____ 成"實地考察筆記"。

荒蕪　荒廢

他的田地，因為長時間沒有耕作，也逐漸 _____ 了。

機靈　機警

邊防戰士巡邏時，十分 _____ 地觀察周圍的動靜。

惠贈　敬贈

凡在本店購物滿 1000 元者，本店將 _____ 一份精美的禮品。

積累　積聚

吃得太多，消化不了，脂肪 _____ 下來，就會變成小胖子。

前者指光彩四射或振作；後者指刺激使興奮。

激發

與"**彙集**"相比，"**薈萃**"特指聚集美的、好的事物。

薈萃

"**豢養**"為貶義詞，對象可以是人，也可以是動物；"**飼養**"的對象只能是動物，是中性詞。

飼養

"**會合**"側重於人相會聚攏；"**匯合**"常比喻抽象事物（意志、力量等）彙聚在一起。

匯合

63

"**荒蕪**"指（田地）因無人管理而長滿野草；"**荒廢**"指荒疏（學業等）或者不利用，浪費（時間等）。

荒廢

"**機靈**"強調活潑而不呆板，口語色彩比較強；"**機警**"強調的是對周圍的事務的警惕性很高，常用作書面語。

機警

"**惠贈**"是敬辭，指對方增給自己財物；"**敬贈**"指自己向對方贈予財物。

惠贈

"**積累**"有一點一點地增加的意思；"**積聚**"有把分散的東西聚攏在一起。

積聚

激動　感動

紫色則容易使人＿＿＿＿而煩躁。

急躁　暴躁

她的脾氣很＿＿＿＿，常跟人吵架，同學們都厭惡他。

即使　儘管

他們心中依然珍藏着那段美好的回憶，＿＿＿＿他們已經遠離了那段歲月。

極限　極端

陸地上可耕土地的開發已近＿＿＿＿。

技巧　技能

我努力學習謀篇佈局的＿＿＿＿，以加強作品的表現力。

"**感動**"強調感情的共鳴，引起的感情一般都是正面、積極的；"**激動**"強調引起情緒上的波動，使其激動的事物則不一定是正面的，也可是消極的。

激動

前者側重於"急"，指因碰到不稱心的事情或想馬上達到目的而不做好準備就行動；後者側重於"暴"，指遇事好發急，不能控制情緒。

暴躁

"**儘管**"只表示是讓步，不表示假設，常與"可是、但是、然而"連用；"**即使**"既表示假設，也表示讓步，常與"**也**"連用。

儘管

兩詞詞性不同，"**極限**"多作名詞，最大限度的意思；"**極端**"一般作形容詞或者副詞。

極限

技巧"與"**技能**"雖然都含有"**技術**"的意思，但前者注重的是方法，後者注重的是能力。

技巧

既而　繼而

媽媽先是不相信地睜大了眼睛，＿＿＿＿＿又開心地笑了。

繼續　陸續　連續

清晨，同學們背着書包＿＿＿＿＿來到學校。

計算　盤算

琪琪＿＿＿＿＿着這次爸爸媽媽會帶她到哪兒去旅行。

堅苦　艱苦

沈從文經歷獨特，走上作家之途比較＿＿＿＿＿。

寄寓　寄予

這篇小説了＿＿＿＿＿作者對人情事態的嘲弄。

"既而"時間副詞，着重指前後兩件事發生的時間相隔不久，一般單用；"繼而"關聯副詞，前後兩事緊緊相連常與"始而"、"先是"搭配。

繼而

三者都含有"進行下去、連接下去"的意思，不過，"連續"是一個接一個、不間斷的意思，一般後接表示時間、數目的短語或句子；"陸續"表示時斷時續、先先後後、有先有後、先後分明，一般前接或後接對象是人或具體事物的先後順序；"繼續"連續下去、延長下去、不間斷的意思，一般後接對象是事業、活動、工作或具體動作等。

陸續

67

"盤算"側重於心裏算計和籌劃；"計算"也有計劃和籌劃之意，但沒有心理活動。

盤算

"寄予"即給予，它只能充當謂語；"寄寓"即寄託和隱含，既可以作謂語，也可以做名詞。

寄寓

"堅苦"一般喻指一個人在非常困難的環境或條件下，堅守崗位或堅持學習的堅強意志；"艱苦"專指環境或條件狀況不好，如環境艱苦，條件艱苦等。前者指堅忍刻苦（主觀精神），後者指堅難困苦（客觀實際）。

艱苦

堅定　堅決

要動手術了，可年輕人卻
＿＿＿＿＿不願意使用麻醉
藥。

艱辛　艱難

每個成功者的背後都是一條
充滿＿＿＿＿＿的道路。

家景　家境

由於＿＿＿＿＿實在太貧困，
李嘉誠很小便去打工。

減輕　減少

老師注意＿＿＿＿＿作業量，
同學們過重的負擔＿＿＿＿＿
了。

堅持　保持

再＿＿＿＿＿兩分鐘，你就跑
到終點了。

減價　降價

為了抓住聖誕節這個商機，
很多商場開始實施＿＿＿＿＿
策略。

"**堅決**" 指下定決心、毫不猶豫，用來形容態度、行動等；"**堅定**" 指穩定、不動搖、不改變，用來形容主張、意志等。

堅決

前者強調辦事艱難而辛苦，語義色彩比較重，通常作書面用語；後者強調事物或行為的困難。

艱辛

"**家境**" 一般指家裏的經濟狀況；"**家景**" 指家裏的一切狀況。

家境

"**減輕**" 側重於程度上的減弱；"**減少**" 側重於數量上。

減少　減輕

"**保持**" 指維持原狀，使之不消失或減弱；"**堅持**" 指堅決保護、維護或進行。

堅持

"**減價**" 多指臨時性降低定價；"**降價**" 多指有組織、有計劃的降低定價。臨時性的降低定價也可說 "**降價**"，但有組織有計劃的降低定價卻不能說 "**減價**"。

降價

減少　縮小

"天象廳"的弧形天幕像是一個_____了的天空。

鑒別　鑒定

我們應該請文物專家來_____一下這塊玉。

檢查　檢察　監察

香港的傳媒業蓬勃、自由，充分發揮着他們"傳媒_____社會"的功能。

簡樸　簡陋

總經理的辦公室裏，陳設極其_____。

簡潔　簡捷

現代化的通訊手段使得各地的信息交換更加_____便利。

降伏　降服

獅子本領不凡，你真有本領_____牠？

"減少" 一般和表示數量的詞相搭配;"縮小" 一般是和表示距離的詞相搭配。

縮小

"鑒別" 強調對事物真假的分別;"簽定" 事物真假、好壞的認定。

鑒定

"檢查" 指一般的查看查考;"檢察" 專指對犯罪事實的審查檢舉;"監察" 指監督並檢舉違法失職的機關或個人。

監察

"簡陋" 指簡單粗陋、條件差,適用範圍較小,一般只用來形容房屋、設備之類,與"繁華" 相對;"簡樸" 即簡單樸素,多用於語言、文筆、生活作風等方面,與"完備" 相對。

簡陋

"簡潔" 形容文章寫作簡明扼要,沒有多餘的內容;"簡捷" 形容方式方法等直截了當,方便易行。

簡捷

"降伏" 使馴服,主語為使別人順從的人;"降服" 馴服、投降,主語為屈服的人。

降伏

降臨　降落

夜幕＿＿＿＿＿＿ 了，花朵上出現了一顆顆小露珠。

教誨　教訓

她賽後還認真地總結失敗的原因，並吸取＿＿＿＿＿＿ 。

將要　即將

期末考試又來了，平時不學習而又想得高分的他＿＿＿＿＿＿ 面臨一場"惡戰"。

接見　會見

國王親自＿＿＿＿＿＿ 他，當面問了他許多事情。

交流　交換

地中海連接亞洲、非洲和歐洲，多種文明長期＿＿＿＿＿ ，因此文化發達。

揭露　揭穿

他們的陰謀詭計被＿＿＿＿＿＿ 了。

兩詞都有從上往下移動的意思，"**降臨**"強調已經停留在低處的狀態；"**降落**"強調的是從上往下的動作。

降臨

"**教誨**"是褒義詞，指老師或長輩的教導；"**教訓**"是中性詞，教導訓誡或從錯誤或失敗中取得的知識。

教訓

"**即將**"強調時間很近，就要發生；"**將要**"強調將來發生的事情的必然性。

將要

"**接見**"一般用於上對下；"**會見**"一般用於國與國之間級別較高而且相等的雙方人員。

接見

前者強調雙方的共同參與，"**交流**"的對象多為抽象的事物，如"思想、經驗"等；後者強調互換，"**交換**"的對象多為具體的物質，如"禮物"。

交流

"**揭穿**"側重於揭開事務的外表，讓隱藏的東西顯現出來，一般只用於事物；"**揭露**"強調使真相顯露出來，用於陰謀詭計、本質等抽象的事物。

揭穿

劫難　災難

人們相信吉祥結可以帶來平安，使人避開疾病和＿＿＿＿＿＿。

結合　接合

城鄉＿＿＿＿＿＿部是流動人口最多的地方。

傑出　突出

李春是古代＿＿＿＿＿＿的橋樑建築師。

節省　節約

我們要把＿＿＿＿＿＿下來的錢支援災區人民重建家園。

節餘　結餘

她的小店雖然剛開始營業，可是已經略有＿＿＿＿＿＿。

"**災難**"指自然的或人為的嚴重損害帶來對生命的重大傷害，一般指比較具體的；"**劫難**"災難的意思，常用來指比較抽象的。

災難

"**結合**"人或事物間發生密切聯繫，可用於具體事物，也可用於抽象的事物；"**接合**"連接使合在一起，多用於具體的事物。

結合

兩詞都有非凡、與眾不同的意思，"**傑出**"僅用來形容人；"**突出**"既可以指人，也可以指物。

傑出

"**節約**"主要指不浪費，使用範圍廣，可用於重大、莊重場合；"**節省**"重在"省"，即該用的也要少用或不用，多用於一般場合。

側重點不同，前者是因節約而剩下，後者是結算後剩下。

結餘

節約

節制　節支

他也吸煙，但是很_____。

界限　界線

網絡課堂教學對話是打破了時空_____的對話。

界定　限定

根據國際標準，大多數國家把青年的年限_____為不超過 45 歲。

精煉　簡練

文言小說用字少，而形象傳神，很_____。

截止　截至

_____九月，這項工程已完成全年施工計劃的 90%。

精華　精髓

書評家歷來公認《鏡花緣》中的前五十回為全書的_____。

前者指指揮管轄或限制、控
制；後者指節約開支費用。

節 制

前者指不同性質事物的分界，
限度，盡頭等；後者指分界
的線(具體的)。

界限

"界定"指事物性質上的劃
分；"限定"指對事物在數
量、時間上的限制。

界定

"簡練"指文章說話扼要，沒
有多餘的詞語；"精煉"指提
煉精華，除去雜質。

精煉

"截止"的"止"是"停止"的意
思，強調的是行動的停止，
不再發展；"截至"的"至"是
到的意思，強調的是到某個
時間，事件仍可能會發展。

截至

"精華"指事物中最美好的部
分，可用於具體事物，也可
以用於抽象事物；"精髓"指
事物的核心部分，多用來形
容思想文化方面。

精華

精細　精密　精確

在一張古老的土耳其地圖上，＿＿＿＿＿＿地繪製着北美洲的太平洋海岸線。

救濟　賑濟

他提供許多材料，來＿＿＿＿＿＿音樂界面臨的饑荒。

景觀　景色

三峽庫區蓄水後，出現了"高峽出平湖"的壯麗＿＿＿＿＿＿。

局面　場面

她真是一個八面玲瓏的人，在甚麼＿＿＿＿＿＿講甚麼話。

警惕　警覺

松鼠是十分＿＿＿＿＿＿的，只要有人在樹根上觸動一下，牠們就會從窩裏逃走。

拘束　拘謹

總得來說，他依然是一個＿＿＿＿＿＿的人。

徑直　徑自

放學時間還沒到，你怎麼能＿＿＿＿＿＿離開學校呢？

"精細"強調細緻、不粗糙；
"精密"強調沒有漏洞、嚴
密；"精確"強調正確、沒有
誤差。

精確

兩者都有用錢或衣服糧食等
救濟災民的意思。"救濟"所
面臨的情況比"賑濟"更為緊
急一些。

救濟

"景色"泛指由花草樹木等構成
的大自然的風景；"景觀"強
調是具有觀賞價值的人文或
者自然景象，常用於書面語。

景觀

前者範圍大較抽象，後者範
圍小較具體。

場面

"警覺"強調的是對周圍情況
的變化產生敏銳的反應；"警
惕"強調的是在思想上加強戒
備，謹慎小心。

警覺

兩者都有約束自己的言行，
在人際交往上表現的不自
然、小心謹慎的意思，"拘
謹"又可以用來形容人的性
格，書面色彩更強烈。

"徑直"表示直接向某處前
進，不繞道，不在中途耽
擱；"徑自"表示獨自一人直
接行動。

徑自

拘謹

局勢　局面

這場大地震對政府應對複雜
_____的能力提出了新的
挑戰。

懼怕　害怕

那僕人由於_____，抖得
厲害，燈籠都被他抖滅了。

具備　具有

銀杏不僅是很好的雕刻材
料，而且還_____很高的
藥用價值。

開闢　開拓

唐代文人自感文意枯索，轉
向民間學習，從而_____
了小說創作的新境界。

"**局勢**"是指政治、軍事、自然災害、經濟等在一定時期內所呈現的態勢和發展趨勢;"**局面**"是指事情在一定時間內所呈現的狀態,側重已經形成的狀況。

局勢

"**懼怕**"程度較重,多用於書面,使用範圍較窄;"**害怕**"程度輕一些,多用口語,使用範圍較寬,除了"怕"的意思外,還有"顧慮、擔心"之意。

害怕

"**具有**"強調具有、佔有,常與作用、特點連用;"**具備**"強調已經獲得而且齊備,常與條件、資格連用。

具有

"**開拓**"一般為從小到大的擴展過程,在範圍及意義上較大,對象多為學術領域或心胸、胸懷等;"**開闢**"一般為從無到有的創建過程,範圍則可大可小,對象多為工作事業等。

開拓

看中　看重

他因為＿＿＿＿這最後的一課，所以穿上這套大禮服。

刻意　蓄意

這件事貌似發生地很偶然，實際上卻是有人＿＿＿＿已久。

考查　考察

應該以實際運用能力來＿＿＿＿我們的學習效果。

控制　抑制

狐狸不能＿＿＿＿自己的惱怒，但也只好歎息。

可惜　惋惜

小文心裏很為姐姐＿＿＿＿，覺得媽媽給姐姐的壓力太大了。

誇獎　稱讚

她的這種樂善好施的品質得到了大家的一致＿＿＿＿。

克服　克復

貝多芬向世人證明，只要有毅力，就可以＿＿＿＿任何困難！

快樂　歡喜

享受奉獻帶來的＿＿＿＿和榮耀是人生的一大幸福。

"**看中**"經過觀察，感到滿意，不能加"很"字；"**看重**"看得起，看得很重要，可以説成很看重。

看重

"**刻意**"指用盡心思的去做，中性詞；"**蓄意**"指早有意，為貶義詞。

蓄意

"**考察**"着重指實地觀察了解，以掌握事物的特點；"**考查**"強調用一定的標準來衡量（行動、行為）。

考查

"**抑制**"制止某事物已有的發展方向；"**控制**"根據主動者的意願，對事物的發展方向作出選擇並實施。

抑制

83

兩者都有令人感到遺憾的意思，"**惋惜**"用於對人的不幸遭遇和重大的事件，感情色彩要比"**可惜**"更強烈。

惋惜

"**誇獎**"口頭表揚、肯定；"**稱讚**"用言語表達讚美和喜愛，書面色彩個更濃。

稱讚

前者指用精神力量戰勝或抑制；後者指把敵人佔領的地方奪了回來。

克服

"**歡喜**"多指結果，歡樂欣喜；"**快樂**"指歡樂，感到高興或滿意。

歡喜

誇耀　炫耀

李明向同學們＿＿＿＿自己的成績。

寬敞　寬闊

這個大殿寬七十尺、深六十尺，極為＿＿＿＿，卻無一根柱子。

寬暢　歡暢

聽了他的解釋，疑團打消了，心裏＿＿＿＿多了。

寬慰　安慰

心裏充滿驚訝和＿＿＿＿的女媧，更加努力地工作。

況且　何況

七十歲的老人尚且這樣認真地學習電腦，＿＿＿＿我們年輕學生呢？

窺視　窺伺

老鷹的巢高踞樹巔，沒有甚麼敵人能夠去＿＿＿＿牠。

困苦　痛苦

她可以忍受生活上的＿＿＿＿，卻無法消解精神上的＿＿＿＿。

"誇耀"指向別人顯示自己有本領、地位、功勞等,中性詞;"炫耀"貶義詞,指在別人面前顯示別人沒有的、自認為了不起的東西。

誇耀

前者指寬解安慰;後者指心情安適(或用作使動)。

安慰

"何況"與"況且"都表遞進,但搭配習慣不同,"何況"通常與"尚且"相搭配。

何況

"寬敞"和"寬闊"同有"大"之意,"寬敞"一般指室內的;"寬闊"多用於指室外的,如水面、草原等。

寬敞

"窺視"指暗中察看,不露聲色的偷看;"窺伺"指暗中觀察動靜,以待可乘之機,有時含貶義。

窺伺

"歡暢"歡悅舒暢;"寬暢"心情開朗愉快,寬闊空敞。

寬暢

前者指生活上艱難痛苦;後者指身體或精神感到非常難受。

困苦 痛苦

辣手　棘手

她看見母親動怒，感到事情
很 _____ 。

厲害　利害

這倆家公司之間有密切的
_____ 關係。

濫用　亂用

許多人經常在文章中 _____
文言、方言，亂寫繁體字。

臨近　鄰近

_____ 考試了，他也越來
越焦急了。

里程　歷程

從新舊碼頭的變遷，我們
也可以看到香港的填海
_____ 。

連接　聯接

精巧的花燈，_____ 在一
起有十餘里長，讓人目不暇
給。

理念　觀念

企業經營 _____ 和信譽對
企業的生存發展至關重要。

前者指手段厲害或毒辣；後者指形容事情難辦。

棘手

"**厲害**" 形容詞，指難以應付或忍受或劇烈兇猛；"**利害**" 名詞，利益與害處。

利害

前者指過多的使用，不必或不該用而用；後者指該用這個，而用了那個。

濫用

前者指時間靠近；後者指地方靠近。

臨近

"**里程**" 指路程或發展的過程；"**歷程**"指經歷的過程。

歷程

"**連接**" 重在銜接，互相接連在一起，"**連接**" 的兩個事物，一般都是具體可感的；"**聯結**" 重在結合，由於某種因素的作用，使二者之間有了密切的聯繫，所涉及的事物一般都是比較抽象籠統的。

連接

"**觀念**" 指觀點、看法、想法，是中性詞；"**理念**" 指絕對正確的觀點，可以作為道理、真理來形容。

理念

吝嗇　吝惜

千萬別＿＿＿＿你對別人的讚賞，因為人與人之間應該互相欣賞。

流傳　留傳

張教授把祖輩＿＿＿＿下來的秘方獻給了當地的醫療部門。

靈活　靈巧

他的手挺＿＿＿＿，能做各種精致的小玩意兒。

流逝　流失

隨着時光的＿＿＿＿，他臉上的皺紋更深更密了。

領略　領會

《琵琶行》使我＿＿＿＿了白居易將音樂形象化、具體化的高超筆法。

流言　謠言

他專門製造＿＿＿＿，陷害別人，來換取高官厚祿。

流暢　流利

錐形的波式褐紅，上面很＿＿＿＿地繪飾着一些米黃色的縱形線條。

留連　留戀

屈原＿＿＿＿於汨羅江畔，放不下故國熱土和自己摯愛的人民。

"**吝惜**"是中性詞,指不捨得給某樣東西;"**吝嗇**"是貶義詞,指摳門,不願意花錢。

吝惜

前者指傳下來或傳播開;後者指遺留下來傳給後代。

留傳

"**靈巧**"是靈活而巧妙;"**靈活**"敏捷、不呆板和善於隨機應變,不拘泥。

靈巧

兩詞都有失去的意思。"**流失**"一般用於具體的東西;"**流逝**"一般用於抽象的事物,此處應選"**流逝**"。

流逝

"**領略**"重在了解情況,認識意義,辨別滋味;"**領會**"指對事物了解並有所體會。

領略

"**流言**"指處於流傳擴散中的語言;"**謠言**"主要指沒有事實根據的話語。

謠言

"**流利**"僅用來形容說話寫文章;"**流暢**"適用的範圍比較廣,除了說話寫文章,還可用於其他動作感情的表達。

流暢

"**留連**"指徘徊而不忍離去;"**留戀**"指有所依戀而不忍拋棄或離開。

留戀

瀏覽　閱讀

他不是普通的_____，而是一邊看一邊在思索。

夢想　理想

他_____着有一天也能有一間自己的公司。

履行　執行

她已經完成了使命，到別的地方_____新使命去了。

美好　美妙

那些_____的詩句深深地打動了我的心。

迷醉　陶醉

他抱着吉他唱着歌，臉上是_____的表情。

美麗　漂亮

杭州是一座_____的旅遊城市。

彌補　填補

她雖然用光了零用錢，還是覺得高興，因為終於_____了自己的過失。

"**瀏覽**" 指粗略、快速地看；
"**閱讀**"認真、仔細地讀。

瀏覽

前者指實踐自己答應做的或
應該做的事；後者指實施實
行(政策法律計劃命令判決中
規定的事項)。

執行

"**美好**" 指生活、未來等完
美，讓人滿意；"**美妙**" 一般
指音樂、詩歌等優美，讓人
陶醉。

美妙

兩詞都可以用來指人或其它
具體事物好看、美觀，"**美
麗**"更具有莊嚴色彩，用於書
面表達。

美麗

兩者都是對美好未來的想
像，"**夢想**" 沒有甚麼根據，
實現的可能性不是很大；"**理
想**"是根據現實的合理想像。
"**夢想**" 可以作動詞，"**理想**"
則不可以。

夢想

"**迷醉**"的程度要比"**陶醉**"深，
它是指沉迷、陶醉，語意比
"**陶醉**"更進一層；"**陶醉**"單
指在某種事物中忘我地做事。

迷醉

兩詞都有把不夠的部分填足
的意思，"**彌補**" 常與缺陷、
損失、弱點搭配；"**填補**" 常
與空缺、虧空、缺額搭配。

彌補

免除 解除

高考前，我在老師的幫助下終於_____了緊張心理。

名聲 名氣

他很年輕時就已經很有_____了。

面市 面世

此次展出的 25 幅國畫作品都是首次_____。

名義 名譽

只有二十七歲的郎朗，已經擁有了多個_____稱號。

蔑視 鄙視 藐視

華格納在創作歌劇的道路上，受盡人們的_____。

明朗 清楚

這篇文章_____犀利，故事、比喻、議論有機結合。

敏銳 敏感

作為老師，我們不應挫傷學生最_____的自尊心。

"**免除**"指免掉某種責任或義務，免受法律的制裁或責任的約束；"**解除**"指去除某種狀態或者從某種情緒之中退出。

解除

"**名聲**"在社會上流傳的評價；"**名氣**"與"**名聲**"相同，但用於口語。

名氣

"**面市**"指一般商品上市；"**面世**"多用於指精神產品、科技產品。

面世

"**名義**"指做某事時用來作為依據的名稱或稱號；"**名譽**"個人或集體的名聲，多指贈給的名義，含尊重意。

名譽

三者都有輕視，小看之意，但程度一個比一個深。

鄙視

兩詞都有清晰、容易了解的意思，"**明朗**"常用作書面語，多用於藝術風格、政治、經濟形勢等；"**清楚**"適用對象比較寬泛。

"**敏銳**"側重於認識事物的能力快而准，僅用於人；"**敏感**"側重於心理或者生理上的感受能力，可用於人或物。

敏感

明朗

明確　確定

要盡量回想走過的路，盡快
_____方向。

墨守成規　一成不變

一帆風順的旅途只能釀就
_____的思維，而人生
中的捷徑卻是經歷了坎坷之
後才會出現。

摸索　探索

他在長時間的_____中，
終於發現了蒼穹裏的一顆新
星。

模糊　含糊

他說話總是很_____，讓
人不知道他究竟想表達甚麼
意思。

牟取　謀取

這家企業採取不正當手段，
多方_____非法利潤

漠視　忽視

在這個集體中，他是一個被
大家_____的人。

難堪　難看

他的這番話，讓在場的每個
人都很_____。

"**明確**"指把不清楚的東西弄
清楚;"**確定**"指把沒有確
立、肯定的東西定下來。

確定

"**墨守成規**"指思想保守,守
着老規矩不肯改變;"**一成
不變**"形容已經形成,不再改
變。

前者指尋找方向、方法、經
驗;後者指多方尋找答案,
解決疑問。

探索

墨守成規

前者指不分明不清楚,混
淆;後者指不明確不清晰、
不認真、馬虎、示弱(多用於
否定)。

含糊

兩詞有感情色彩之別。前者
為中性詞,指設法取得;後
者往往含貶義,指謀取(名
利)。

謀取

兩詞都有"**不注意**"的意思,
前者強調冷淡地對待;後者
強調不重視。

忽視

"**難堪**"指難以忍受,受窘;
"**難看**"指醜陋,不好看。

難堪

年紀　年齡

校園裏兩棵銀杏樹的_____
足有千年。

凝視　注視

不知道哥哥在想甚麼，只見
他對着魚缸呆呆地_____
了一會，轉身就出去了。

濃厚　濃郁

我們班的同學對足球有着
_____的興趣。

努力　竭力

美國人雖然_____改掉這
個弱點，但是始終不成功。

年輕　年青

她看起來很_____，不到
四十歲的樣子。

挪動　移動

山坡上幾隻爬行的鷹拖着
臃腫的軀體緩慢地往前
_____。

"年紀" 專指人的年齡，詞義範圍小；"年齡" 指人或動物植物已生存的年數，詞義範圍大。

年齡

"凝視" 對象為客觀景物，帶着表情長時間地聚精會神地看；"注視" 可以為景物，可以為抽象東西，如 "注視局勢"。

凝視

"濃厚" 一般用來形容對事物具有的感情；"濃郁" 形容持續時間比較長的感覺或味道比較強烈的事物。

濃厚

前者指把力量儘量使出來，詞義輕，後者指盡全力去做，詞義重。

竭力

兩詞都有年紀小的意思，"年輕" 又可以指比他人小或者有精神，有活力，也可用來形容事業等指開創的時間不長；"年青" 只用於人，指在青少年時期或外表長相不老。

年青

"挪動" 指移動位置，可指有生命的事物；"移動" 指改變原來的位置，多指無生命的事物。

挪動

97

偶然　居然　果然

一位 90 多歲的老太太＿＿＿＿＿長出了一顆新的牙齒。

偶然　偶爾

一個＿＿＿＿＿的機會，我得到了那本嚮往已久的書。

徘徊　徜徉

公園一派祥和之氣，市民＿＿＿＿＿遊樂者眾。

賠償　補償

阿成告到法庭，要求公司＿＿＿＿＿損失。

配備　配置

為了儘快研製出新的產品，公司又為他＿＿＿＿＿兩個助手。

批評　批判

對常犯錯誤的同學，老師要＿＿＿＿＿幫助，但不能歧視。

飄浮　漂浮

水面上＿＿＿＿＿着一隻小船。

"偶然" 強調不一定要發生而發生,相對於 "必然";"居然" 強調沒有預料的事情發生了,出乎意料之外;"果然" 強調事實和預想一樣。

居然

前者指因自己的行為造成損失而給予補償;後者指抵消損耗,補足欠款。

賠償

兩者都有根據需要而添加資源的意思。"配備" 既可用於具體的事物,又可以用於人;"配置" 只用於具體的事物。

配備

前者指不一定要發生而發生,相對於 "必然";後者指間或、有時候,相對於 "經常"。

偶然

"批評" 指對缺點錯誤提出意見;"批判" 則指對缺點錯誤做系統的分析,加以否定,語意較重。

批評

"徘徊" 來回走動(一般有心事);"徜徉" 安閒自在地步行。

徜徉

兩詞都有浮在物體表面上的意思,"漂浮" 強調浮在液體的表面。

漂浮

品嘗　品味

仔細＿＿＿＿寶玉的身世際遇，《紅樓夢》可以説是一部問題小説。

破壞　毀壞

螞蟻是蚜蟲的保護者，卻是人類幸福的＿＿＿＿者。

品性　品行

這小伙子整體素質的確不錯，＿＿＿＿誠實溫和。

期待　等待

我們＿＿＿＿着你早日學成歸來。

平凡　平庸

我們每一個人生來都是一樣＿＿＿＿。

期望　希望

我＿＿＿＿這次考試能夠取得好成績。

破壞　摧毀

這一次災難同樣沒有＿＿＿＿這個鐵漢的意志。

奇怪　奇特

真＿＿＿＿，今年這裏竟然下起了大雪。

兩者都有嘗試滋味的意思。
"品嘗"的對象一般是用來填飽
肚子的食物；"品味"的對象
則是難得、抽象的事物。

品味

兩者都有損壞的意思，前者
程度淺，後者程度深。

破壞

兩者都是從來道德方面來評
價，"品行"側重行為；"品
性"側重於性格。

品性

"期待"是期望和等待；"等
待"是不採取行動，直到所期
望的人、事物或情況出現。

期待

兩者主要是感情色彩不同，
"平凡"是中性詞；"平庸"是
貶義詞。

平凡

"希望"可用於別人，也可用
於自己；"期望"多用於對別
人，且多用於長輩對晚輩，
組織或集體對個人。

希望

兩者都表示毀壞的意思，前
者程度要比後者淺。

摧毀

"奇怪"指出乎意料，讓人覺
得詫異或難以理解；"奇特"
多指奇特的事物，但並不難
以理解。

奇怪

祈求　乞求

巴勒斯坦人民_____ 和平的願望何時才能變為現實？

憩息　休息

夏日，買一張竹製躺椅，夜間在陽台上_____ 。

啟發　啟迪

一年之內，老教授就讓十歲的學生得到有益的國學_____ 。

牽連　牽涉

節儉不僅是經濟問題，而且還_____ 到一個人的品質。

起用　啟用

倫敦奧運會組委會宣佈從2008年開始將先後_____ 新的會徽和吉祥物標誌。

謙遜　謙虛

從此，牠便_____ 起來，成為了一隻真真正正勇敢的老虎。

啟發　啟示

魯迅的作品總能使我們得到深刻的_____ 。

強大　強壯

現在，我們的祖國已經變得越來越_____ 。

兩者都含有"求"的意思。"乞求"是乞討着低三下四地要求，含有貶義；"祈求"則有祈禱的意思，並不含貶義。

祈求

"憩息"文學色彩較濃，書面用語；"休息"為口語，文中宜用"憩息"。

憩息

前者指闡明事理，引起對方聯想而有所領悟；後者指啟發開導。

啟迪

兩者都有關係到其他事物的意思，"牽涉"指涉及到；"牽連"不但涉及到，而且還有所連累，它的詞義要比"牽涉"重。

牽涉

"起用"是重新任用已退職或免職的官員，只能用於人；"啟用"是開始使用，既可用於人，也可用於物。

啟用

"謙遜"常形容人謙讓，客氣，恭敬，有禮貌，一般用於書面；"謙虛"與"驕傲"相對，形容人不自滿，不自大。

謙虛

前者指闡明事理，引起對方聯想而有所領悟；後者指通過直接的暗示，使人有所領會。

啟發

"強壯"主要用來形容身體健康而有力；"強大"可用於國家、政治勢力等越來越有影響。

強大

搶救　挽救

為＿＿＿一個危重病人，媽媽在手術台上站了十幾個小時。

切實　確實

她＿＿＿不知道這件事情，因為當時她還在國外。

侵犯　侵害

國家的領土是不容＿＿＿。

強迫　逼迫

激烈的市場競爭＿＿＿實體書店改變經營策略。

親切　關切

奶奶＿＿＿地對小明說："穿好衣服，別着涼。"

切斷　隔斷

電器着火了，立即＿＿＿電源就可以。

親身　親自

沒有＿＿＿經歷地震的人永遠不知道它有多麼地可怕！

"**搶救**"強調在緊急情況下迅速地救助;"**挽救**"強調救助的結果,使其轉危為安。

挽救

兩者都有符合實際的意思。"**切實**"只能作為形容詞;"**確實**"還可以作副詞。

確實

前者強調用暴力手段使對方服從,主要用於消極方面;後者除了暴力方面,還可以是客觀的形勢、實力等方面來讓對方服從,消極、積極方面均可用。

強迫

前者指非法干涉別人,損害其權利或侵入別國領土;後者指侵入而傷害或用暴力或非法手段損害。

侵犯

"**親切**"形容態度誠懇、和善熱情;"**關切**"形容非常關心,用於長輩對晚輩、上級對下級。

關切

兩者都有使分開的意思,"**切斷**"一般用於具體的事物;"**隔斷**"用於抽象的事物。

切斷

"**親身**"偏重於參與其中,經歷某事;"**親自**"強調自己動手做某事。

親身

清脆　清亮

清晨，一陣陣_____的鳥鳴聲，使我的心情輕鬆愉快。

情景　情境

想到上次演講時的尷尬_____，她的臉又紅了。

清淨　清靜

我這次請假，是想讓耳根_____一會兒。

情義　情意　情誼

一張張照片，記錄了同學們之間的_____。

清晰　清楚

舊日的事又_____地浮現在我的眼前。

兩者都可以用來形容聲音，"**清脆**"強調的是聲音悦耳動聽；"**清亮**"強調聲音響亮。

清脆

"**情景**"指具體場合的情形景象，範圍較小；"**情境**"指境地，範圍較大。

情境

"**清靜**"指環境安靜，不嘈雜，着眼於客觀；"**清淨**"主要指沒有事物紛擾，着眼於主觀。

清淨

兩者的適用範圍不同："**清晰**"主要用於聲音、物象上，"**清楚**"使用的範圍更廣，如"事理、手續、問題"等。

清晰

意義相近，都是就人的感情而言的。"**情義**"範圍多限定在有一定感情基礎的人之間，一般不用於單位和單位、國家和國家之間；"**情意**"指對人的感情，它所指的範圍要比"情義"大，既可以指人與人之間有很深的感情又可指人（個體）對國家的感情，還可以表示"情分"；"**情誼**"多指人與人、國與國之間相互關切愛護照顧幫助的感情，彼此之間不一定非要認識。

情誼

驅除　祛除

端午節在身上掛個香荷包，據說，這樣可以＿＿＿＿＿疾病。

缺陷　缺點

我們覺得世界有＿＿＿＿＿，是因為它不盡如人意。

取消　取締

由於遲到，我這個月的獎金已經被＿＿＿＿＿了。

容許　允許

蜂是不能＿＿＿＿＿一巢之內有兩個蜂后存在的。

權利　權力

接受教育是人類基本的＿＿＿＿＿。

融化　熔化

氣溫高達 38℃，火辣辣的太陽把柏油馬路曬得幾乎＿＿＿＿＿。

兩者都有"**除去**"的意思，"**驅除**"具有用強制力迫使的意思，它之後跟的都是人或動物，還有比較抽象的事物；"**祛除**"使用範圍非常窄，一般都是和疾病有關的東西。"

祛除

"**缺點**"欠缺或不完善的地方（跟"**優點**"相對），但是可以改正；"**缺陷**"欠缺或不夠完備的地方，客觀存在，沒有辦法改變，詞義較重。

缺陷

前者指使原有的制度、規章、資格、權利失去效力；後者指明令取消或禁止。

取消

兩者都表示同意、許可，但"**容許**"表達的意思更強烈，也更書面化。

容許

前者與"**權益**"同，是伴隨某種義務而來的；後者指政治上的強制力量或職責所具有的支配力量。

權利

"**融化**"是指固體變為液體或者用於抽象事物，"**熔化**"是強調因加熱而使固體液化。

熔化

融解　溶解

見到這一情景，她那滿腔怨恨似乎一下子都＿＿＿＿＿了。

煽動　鼓動

邪惡的神，偷偷來到地上，＿＿＿＿＿人們跟着他造反。

如果　假如

＿＿＿＿＿不盡快找到水源，那麼後果就不堪設想。

閃爍　閃耀

工地各處的燈火，把整個工地照得如同白晝一樣。

軟弱　懦弱

一遇到困難，他就那麼＿＿＿＿＿，真是可悲又可惡啊！

擅長　善於

媽媽很＿＿＿＿＿做飯。

剎那　霎那

曾經有一＿＿＿＿＿，他想過"放棄"這個詞。

擅自　私自

怎能＿＿＿＿＿命令我替你安排座位？

"**溶解**"指物質溶化在液體中，是描述一種物理現象的專業用語；"**融解**"有化解、消失的意思，可用於情感或物質。

融解

"**煽動**"有慫恿挑撥之義，貶義詞；"**鼓動**"中性詞。

煽動

兩者都是表示假設關係的連詞，"**如果**"和"**那麼**""**就**"連用；"**假如**"和"**就**"連用，也可以單獨使用。

如果

"**耀**"有強烈之意，而"**爍**"則帶有搖晃不定的意思。

閃耀

"**懦弱**"是指自己的內心很脆弱，受不得半點委屈；"**軟弱**"是外力施加所表現的行為。

懦弱

前者重在某方面具有特殊的專長；後者重在長處優點。

擅長

前者形容極短的時間；後者指瞬間，比前者更短。

霎那

"**私自**"指做不合乎規章制度的事；"**擅自**"做職權範圍以外的事情。

擅自

燒毀　銷毀

對於假冒偽劣商品，應該一律_____。

生日　誕辰

印度把獨立後第一任總理的_____日定為兒童節。

神秘　秘密

廬山的那份_____色彩，吸引了許多中外遊客。

生涯　生活

她的舞台_____因左腿殘廢而不得不終止。

112

聖地　勝地

雲南是避暑_____。

生機　生氣

大地又重新沐浴陽光，萬物又恢復了_____。

十足　實足

剛開始，他幹勁_____，凡事親歷親為。

"銷毀"包含"燒毀"的意思，"燒毀"只是"銷毀"的一種方式。

銷毀

兩者的語體色彩不同。前者用於一般的人；後者多用於所敬重的人。

誕辰

"神秘"強調捉摸不透，變化多端；"秘密"強調的是隱蔽、不公開。

神秘

"生活"泛指各種活動，包括衣、食、住、行等；"生涯"則指長期從事的某種固定的行業。

生涯

113

兩者都有生命力，活力的意思。"生機"側重指生命存在和發展下去的機能表現很強，多適用於人和、植物及生長植物的環境；"生氣"側重指有着很好的生存或生活的氣息，適用於人和事物。

生機

"聖地"具有重大歷史意義的地方；"勝地"名勝之地。

勝地

前者指（物品）成色純或用於抽象事物；後者指數量足數的。

十足

食言　失言

他昨天酒後＿＿＿＿，把姐姐的秘密告訴了姐夫。

實驗　試驗

經過無數次＿＿＿＿，衛星終於上天了。

實行　施行

如果你能按照我的方法去＿＿＿＿，或許有希望。

事故　事件

司機一不留神，就很容易發生交通＿＿＿＿。

時期　時代

扁鵲是中國戰國＿＿＿＿一位很有名的醫生。

事例　示例　實例

同學們按照老師的＿＿＿＿進行實驗操作。

"**失言**" 是指不小心把不該説的話説出來了；"**食言**" 表示不履行自己的諾言，説話不算數。

失言

"**實驗**" 對科學理論進行實際驗証；"**試驗**" 對某事物的結果、性能進行試探觀察。

試驗

前者指用行動來實現(綱領政策計劃等)；後者指法令規章等公佈後從某時起發生效力或按照某種方式或辦法去做。

實行

"**事故**" 指意外的損失或災禍，範圍較小，較具體；"**事件**" 指歷史上或社會上發生的不平常的大事情，範圍較大。

事故

115

兩者都有一個時期之意，但 "**時代**" 指歷史上的經濟、政治、文化等狀況為依據劃分的某個時期，範圍大；"**時期**" 則多指具體某種特徵的一段時間，範圍小。

時期

"**事例**" 是名詞，指具有代表性的可以作例子的事情；"**示例**" 動詞，指舉出或做出具有代表性的例子；"**實例**" 實際的例子，重在具體的。

示例

事務　事物

他去了一個律師＿＿＿＿所當實習文書。

授獎　受獎

教師節，校長親自為我校優秀的教師＿＿＿＿。

勢力　實力

項羽的軍隊有四十萬，劉邦的軍隊只有十萬，兩者＿＿＿＿懸殊。

舒暢　舒坦

如果你的房子可以看到山，又可以看到海，心情比較＿＿＿＿。

116

嗜好　愛好

他沒有別的＿＿＿＿，就是喜歡喝點酒。

熟練　嫻熟

艄公身穿黑白相間的傳統服裝，頭戴草帽，技術＿＿＿＿。

收穫　收成

今年風調雨順，糧食＿＿＿＿不錯。

熟悉　熟習

經過多次練習，他終於＿＿＿＿了這類題型的做法。

"**事務**"指比較具體的事情事件;"**事物**"指各種物體和現象(不排斥其中包括某些事情事件)。

事務

"**受獎**"是得到獎;"**授獎**"是頒發獎。

授獎

前者指政治軍事經濟等方面的力量;後者指實在的力量,多就軍事或經濟而言。

實力

前者指開朗愉快或舒服痛快;後者重在心裏安定坦然。

舒暢

117

"**嗜好**"是特殊的愛好(多指不好的),含貶義;"**愛好**"是喜愛,或對某種事物有濃厚的興趣。

愛好

"**熟練**"工作、動作因常做而有經驗;"**嫻熟**"與"**熟練**"相同,但用於書面語。

嫻熟

"**收成**"專指農副業產品的收取成績;"**收穫**"還可以指工作學習上取得的成績。

收成

"**熟悉**"知道得很清楚;"**熟習**"(對某種技術或學習)學習得很熟練。

熟習

樹立　豎立

宮殿中央_____着一根金柱子，夜鶯便站在上面放聲歌唱。

思緒　心緒

漂浮的雲朵如同遊離、繁雜的_____。

思念　想念

從此，牛郎和織女只能隔着銀河互相_____。

伺候　侍候

明日趕快回去_____你生病在牀的母親吧！

搜集　收集

在_____郵票的過程中，我增長了不少見識。

思考　思慮　思索　思量

他坐在樹下，莊嚴地_____過去和將來。

坦陳　坦承

他_____這起事故是由於他的不負責而造成的。

118

7

"**堅立**"的對象多是具体的事物；"**樹立**"的對象多是抽象的事物。

堅立

前者指思想的頭緒，思路或情緒；後者指心情，多就安定或紊亂而言。

心緒

"**想念**"的對象一般是能夠再見到的人或物；"**思念**"的對象還可以是不能再出現的事物。

思念

"**伺候**"可用於人，不分地位高低，也可用於牲畜等；"**侍候**"用於對長輩或地位高者。

侍候

兩者都有把分散的東西聚攏的意思，"**收集**"不需要花費多大的功夫，"**搜集**"則要花費很多功夫。

搜集

"**思考**"進行比較深刻周到的思維活動，一般用法；"**思慮**"思索考慮，重在考慮；"**思索**"思考探求，重在探求；"**思量**"考慮或想念記掛。

思索

"**坦承**"指坦然地承擔或承認失職的責任；"**坦陳**"指坦然地陳述。

坦承

題材　體裁

這部小說的＿＿＿＿取自於前幾年發生的一宗槍擊案。

祖護　保護

孩子犯了錯誤，家長不能一味地＿＿＿＿。

體會　領會

過了很久，他才＿＿＿＿那句話的意思。

逃避　逃逸

遇到困難切莫一味＿＿＿＿。

體味　體驗

沒有＿＿＿＿過人生的酸甜苦辣，又怎麼能懂得長輩們創業的艱難呢？

提名　題名

他獲得了這一屆奧斯卡最佳男主角＿＿＿＿。

體現　表現

他總是不斷地尋找＿＿＿＿自己的機會。

"**題材**"作品的材料內容；"**體裁**"作品的表現形式，如散文、小說等體裁。

題材

"**袒護**"是對錯誤的思想行為無原則地支援或保護，是貶義詞；"**保護**"既可以用於好事物，也可以用於壞事物，是中性詞。

袒護

"**體會**"重在對事物內在精神的感受和受到的啟發；"**領會**"重在對事物內在意義的理解。

領會

"**逃避**"躲開不願意或不敢接觸的事物；"**逃逸**"常指狡猾地、不採用正面拒絕的辦法逃避。

逃避

"**體味**"是仔細體會，反覆咀嚼，含有品位的意思；"**體驗**"是通過實踐來認識周圍的事物，或親身經歷。

體驗

"**提名**"被定為侯選人；"**題名**"指寫上姓名。

提名

"**體現**"某種性質或現象在某一事物上具體表現出來，中性詞；"**表現**"有故意顯示自己，含貶義。

表現

體形　體型

恐龍的_____龐大，樣子令人害怕。

透露　披露

他的言語中_____出樂觀和堅強。

停止　停滯

時間不會因為大雨的阻止而_____不前。

通過　經過

_____這種練習，增強了他選詞造句的技能。

突然　忽然

當我以為事情就這樣了的時候，遭遇了一場_____的事故。

突出　凸出

三清山風景如畫，有_____的峰巒，嶙峋的奇石。

6

"體形"指身體形狀；"體型"指身體類型。

體形

兩者都有對某事或某人的公開的意思。"披露"是主動性質的、帶有檢舉性質色彩；"透露"有時是被動的，即無意的公開。

透露

前者指不再進行；後者指因為受到阻礙，不能順利地運動或發展。

停滯

前者指以人事物為媒介或手段達到某個目的；後者指通過(處所、時間、動作)。

通過

兩者都有出乎意料的意思，但兩者詞性不同，"忽然"是副詞，只能做狀語；"突然"是形容詞，除了做狀語以外，還能作定語、謂語、補語。

"突出"指超過一般或使某物超過一般；"凸出"指物體高出或鼓起來。

凸出

突然

推求　推敲

許多文學知識不必從概念上去_____，而重在感受和體會。

團結　結合　勾結

這些壞人相互_____起來做壞事。

推卻　推諉

她偷偷塞瓜子給小王，小王不想要，又不便當眾_____。

推遲　延遲

荔枝的成熟期被漫長的雨季_____了半個月。

推託　推脱

我喊他來玩，他_____說要寫一篇文章。

推薦　推舉

他給我_____了兩本很好看的小説。

蜕化　退化

由於環境污染，白山羊絨的品質正在逐步地_____。

詞的感情色彩不同。"團結"為了實現共同理想或完成共同任務而聯合或結合，褒義詞；"結合"人或事物間發生密切的聯繫，中性詞；"勾結"為了進行不正當的活動而暗中互相串通結合，貶義詞。

勾結

"推求"是根據已知的條件或因素探索道理、意圖；"推敲"比喻字斟句酌，反覆琢磨。

推敲

"推諉"把責任推給別人；"推卻"拒絕推辭。

推卻

兩者都有延後的意思，"推遲"僅用於主動；"延遲"還可用於被動。

延遲

"推託"藉故拒絕，側重拒絕的行為；"推脫"推卸責任、錯誤等，側重推的結果。

推託

兩者都可用於向他人介紹優秀的人的意思，但"推薦"除了向別人介紹人以外，還可以介紹物，"推舉"的對象只能是人。

推薦

"退化"指生物體機能減退、消失或泛指事物由優變劣，由好變壞；"蛻化"指蟲類脫皮，也比喻腐化墮落。

退化

挖掘　發掘

這個專業的設立是為了_____世界不同文化之間的共同處。

頑強　堅強

在這些少年身上，我看到了成功者必備的品質——_____！

頑強　頑固

那些_____的老人根本不理睬一個小孩子的建議。

威望　威信

由於他寬宏大量，平易近人，所以在公司裏有很高的_____。

違反　違犯

中學生不要_____校規校紀，更不要_____法律法規。

委屈　委曲

老師和同學的誤解讓他感到十分_____。

委任　委派

他被公司_____到英國去完成那項收購計劃。

"發掘"強調的是對象的隱蔽性、不易被發現;"挖掘"強調把深藏的東西尋找出來,具體、抽象的事物都可以運用。

挖掘

兩者都有意志堅定,不容易被改變的意思,"堅強"是褒義詞,"頑強"則是中性詞。

堅強

"頑強"指堅強、強硬,中性詞;"頑固"指思想保守或立場反動,多含貶義。

頑固

前者指聲譽和名望,側重名望;後者指聲威和信譽,側重信譽。

威望

兩者都有違背的意思,"違反"指不遵守或不符合政策、紀律、規範等,詞義較輕;"違犯"指違背和觸犯法律、法規等,詞義較重。

違反　違犯

"委曲"指事情的底細和原委,強調曲折,是對客觀事實的描述;"委屈"指受到不該有的指責,心裏難過。

委屈

"委任"主要和官銜、職位搭配;"委派"主要和工作、任務搭配。

委派

溫暖　溫和

春天到了，連風也開始變得很_____。

溫順　溫和

我家的小貓很_____。

誣陷　誣衊

岳飛被秦檜_____，以"莫須有"的罪名殺害了。

128

穩固　穩定

這款電腦，性能_____，外觀也十分漂亮。

無禮　無理

小玻璃人拒絕了彼得的_____要求，生氣地消失了。

問候　問好

路邊的的小花微笑着向每個行人_____。

誤解　曲解

你這樣分析課文，實際上是_____了作者的創作意圖。

"**溫暖**"強調有暖意，常與天氣、陽光搭配；"**溫和**"強調不冷，常與氣候、風搭配。

溫和

兩者都有硬説別人做了壞事之意，"**誣衊**"指捏造事實，破壞別人的名譽，詞義輕；"**誣陷**"指妄加罪名，進行人身陷害，詞義較重。

誣陷

兩者都可以用來形容人不倔強、讓人感到舒服的意思，"**溫順**"還可以用來形容動物，"**溫和**"則不可以。

溫順

"**穩固**"強調"**固**"，即堅實安穩；"**穩定**"強調物質性能不易改變。

穩定

"**無禮**"側重於禮貌教養方面，如"傲慢無禮"等；"**無理**"指不講道理，如"無理取鬧"等。

無理

"**問好**"是問候語的一種，是打招呼的意思："**問候**"只是概念，表現太籠統。

問好

"**誤解**"錯誤地理解；"**曲解**"錯誤解釋客觀事實或別人的原意(多指故意的)。

曲解

吸取　汲取

魚類有一個特別的器官來_____水中空氣。

細心　悉心

教授拋開一切，_____地照料着這隻才出世的克隆羊。

嚇唬　恐嚇

他總是愛_____人。

希望　期望　渴望

我十分_____能夠用有一輛自己的跑車。

賢德　賢明　賢能

唐太宗是中國歷史上少有的_____的皇帝。

稀有　稀少

沙漠裏，氣候條件差，動植物非常_____。

賢惠　賢淑

我的媽媽外表文靜、_____，但心裏鬼點子多多，喜歡搞笑。

"**汲取**"為正式的書面語，與表示抽象事物的詞語搭配；"**吸取**"口語色彩比較重，搭配的對象既有表示抽象事物的詞語，也有表示具體事物的詞語。

吸取

前者指用心細密；後者指用盡所有的精力(多指研究)。

悉心

前者多用於口語，後者多用於書面語。

嚇唬

詞義程度一個比一個重。

渴望

"**賢德**"善良的德行；"**賢明**"有才能有見識，是書面語；"**賢能**"有道德有才能。

賢明

前者指(物體聲音等)在空間或時間上間隔遠；後者指事物出現得少。

稀少

"**賢惠**"指婦女心地善良，通情達理，對人和藹；"**賢淑**"是書面語。

賢淑

限制　限止

電腦打破了時空的＿＿＿＿，讓人們可以面對面地交談。

效仿　模仿

從前有個獵人，他能吹着一枝竹管＿＿＿＿各種動物的叫聲。

詳細　詳盡

你怎麼對我哥哥的生平了解得這般＿＿＿＿？

效率　效力

魔法在午夜時分失去＿＿＿＿，使灰姑娘又變回原來的樣子。

消失　消逝　消釋

火車的隆隆聲慢慢＿＿＿＿了。

效率　效益

早年，香港的填海辟地被認為是最合乎成本＿＿＿＿的途徑之一。

校正　矯正　教正

激光可以＿＿＿＿眼睛先天的近視。

前者指規定範圍，使不超出；後者指限制止境，重在制止。

限制

"效仿"指仿效、效法；"模仿"照某種現成的樣子學着做。

模仿

兩者都有周詳細緻的意思，"詳細"強調細緻；"詳盡"強調全面。

詳盡

前者指單位時間內所完成的工作量；後者指事物所產生的有利的作用。

效力

前者指單位時間內所完成的工作量；後者指完成工作所帶來的效果和利益。

效益

"消失"側重結果，強調永遠失去了或很快失去了；"消逝"側重過程，指逐漸減少；"消釋"指消融，溶化或疑慮、嫌怨、痛苦等消除。

消逝

"校正"校對更正文字、位置上的偏差和錯誤；"矯正"糾正生理毛病和錯誤偏差；"教正"客套話，讓人指教。

矯正

協商　磋商　商量

遇到這麼大的事情，你應該
和家人_____一下。

挾持　脅持

曹操已有雄兵百萬，_____
天子號令諸侯。

懈怠　大意

他在建築的每一個環節上都
按部就班，不敢有絲毫的
_____。

134

心愛　喜愛

小熊貓的樣子十分惹人
_____。

協約　協定

八達通卡還與中國銀聯簽署
了合作_____。

心思　心緒

她是一個_____特別多的
女孩。

"**磋商**" 比較正式，一般會舉行正式的會議之類；"**協商**" 側重於非正式的會談，討論；"**商量**" 一般是個人與個人之間的討論。

商量

"**協約**" 指雙方或多方協商簽訂條約，一般用於國與國之間；"**協定**" 指共同計議；協商或經過談判、協商而制定的共同承認、遵守的文件。

協定

前者指用威力強迫對方服從，重在用力量；後者指威脅強迫對方，重在威脅。

挾持

"**懈怠**" 指鬆懈懶惰，強調可以為之；"**大意**" 指疏忽，不注意，強調由於不小心而造成的。

懈怠

兩者都可以做形容詞，表示非常喜歡的人或物，而 "**喜愛**" 可以作動詞，"**心愛**" 則不可以。

喜愛

"**心思**" 想做某種事的心情；念頭；"**心緒**" 心情，多就安定或紊亂而言。

心思

刑罰　刑法

凡觸犯_____的人都必須給予一定的_____。

心裏　心理

催眠術是一項古老而又充滿活力的_____調整術。

雄偉　雄壯

升旗儀式開始了，樂隊奏起了_____的國歌。

辛酸　心酸

眼前的這一幕讓他感到很_____。

修養　休養

內在美是指人的精神世界如個性、_____、氣質等方面的美。

興味　趣味

小男孩一下子_____索然了，站在那裏沒有目標地東張西望。

羞愧　慚愧

諸葛亮借箭成功，周瑜感到自己的才能確實不如諸葛亮，十分_____。

"心裏"具體指胸口內部，多指在思想裏頭腦裏；"心理"是人的頭腦反映客觀現實的過程，是感覺知覺思維情緒等的總稱，常用來泛指人的思想感情等內心活動。

心理

"刑罰"依照刑法對違法者施行的強制處分，既可以作動詞，又可以作名詞；"刑法"關於犯罪和刑罰的法律，名詞。

刑法 刑罰

詞義側重點不同，前者側重於生活經歷中的痛苦和酸楚；後者側重於內心的悲傷與難過。

心酸

"雄壯"多用與人和事物的外貌、樂聲和歌聲等；"雄偉"側重於人或事物的內在氣勢方面。

雄壯

前者指提高學識思想水平；後者指體力方面的休息調養。

修養

"興味"一時性的興趣或一時產生的興趣；"趣味"持續時間長的興趣，愛好。

興味

兩者都有感到羞恥的意思，"羞愧"強調恥辱，感情色彩比"慚愧"重。

羞愧

需要　須要

這事一人幹不了，_____
大家合力，才能成事。

淹沒　湮沒

人類很多優秀的文化成果被
歷史的長河所_____。

延長　延伸

把時間最大限度地利用起來
就等於_____了自己的生
命。

學力　學歷

除了大學生外，具有同等
_____的人都可以參加這
次招聘考試。

沿用　採用

香港在很多方面都_____
了英國的習慣。

訓誡　告誡

作家曾經滿腔熱誠地_____
中學生："寫文章要從心裏
寫。"

嚴格　嚴厲

在生活上，父親對我們的要
求一直很_____。

138

7

前者指慾望要求或相當於"應當"，強調"不可少"；後者不用於表示慾望要求，但比"不可少"的意味更重，是"不可不"的意思。

須要

"淹沒"（大水）漫過，蓋過；"湮沒"一般指隨時間的流逝埋沒。

湮沒

"延長"用於道路、時間、生命等具體的直綫型的事物；"延伸"用於抽象的事物。

延長

"學力"在學問上達到的程度；"學歷"指持有何種等級的文憑。

學力

"沿用"是指繼續使用過去的方法、制度、法令等；"採用"是指認為合適而加以使用。

沿用

兩詞同有勸誠之意，但是"訓誡"一詞還有"教訓，訓導"之意在內，用於長輩對晚輩，上級對下級。

告誡

前者指在掌握標準或遵守制度時認真不放鬆；後者指嚴肅而厲害。

嚴格

嚴峻 嚴重

他顯然不知道自己的這一行為將會帶來多麼_____的後果。

仰望 敬仰

他 是 一 個 讓 人_____ 的人。

嚴守 恪守

_____真誠助我們創造金色的人生。

依存 依附

劉備一再被曹操打敗，所以才率領眾人_____去劉表。

掩蓋 掩飾

她_____ 不住內心的喜悅，一雙眼睛顯得炯炯有神。

要求 請求

老師_____我們在下課之前把作業做好。

140

6

"**嚴峻**"也有嚴重的意思，但習慣與"形勢"搭配；而"嚴重"常與"病情、問題、後果"等詞語搭配。

嚴重

"**敬仰**"的對象一般是人；"**仰望**"的對象一般是物體。

敬仰

這兩個詞雖然都有堅守的意思，但"**嚴守**"重在強調嚴密；"**恪守**"重在強調持之以恒。

恪守

前者指互相依附而存在；後者指附着依賴從屬。

依附

兩者都表示把真相遮蔽起來不讓人知道，"**掩蓋**"指遮蓋，是個中性詞；"**掩飾**"是個貶義詞，指通過某種手段掩蓋真實情況。

掩蓋

兩者都有提出某種需要，請對方應允的意思。"**要求**"常用於上對下，有時也用於下對上、對同級，或自己；"**請求**"常用於下對上，或者個人對單位、集體，有時也用於同輩或者同級之間。

要求

意旨　意志

魯肅遇見劉備，就宣揚孫權的 _____，並表示殷勤的好意。

貽誤　耽誤

雨果日夜守護在生病的母親身邊，_____ 了寫作。

姻緣　因緣

深圳內引外聯，開拓進取，正締結着曠古 _____。

142

以至　以致

洛神優雅的微步那麼輕碎，_____ 絲羅襪子生塵。

引見　引薦

她極力向大家 _____ 那位新出道的青年作家。

意氣　義氣

他生性魯莽，總愛 _____ 用事。

印證　論證

敦煌出土的古紙有力地 _____：蔡倫不是造紙術發明人。

"意旨"意圖,意向,目的;
"意志"自覺努力的心理狀態。

意旨

貽:貽害。"**貽誤**"指錯誤遺
留下去,使受到壞的影響,
多用於形容重大事件;"**耽
誤**"因拖延而錯過時機,用於
一般的事情。

耽誤

"**因緣**"指緣分,應用範圍較
廣;"**姻緣**"指婚姻的緣分,
使用的範圍較窄。

因緣

143

"**以至**"表示時間數量範圍的
延伸或上文情況的結果;"**以
致**"表示上文情況造成的不好
的結果。

以至

前者指引人相見,使彼此認
識;後者指推薦別人。

引薦

"**意氣**"指意志氣概、志趣性
格或主觀情緒;"**義氣**"指主
持公道或忠於朋友的感情。

意氣

"**印證**"比"**論證**"更側重於事
實的證明。

印證

應付　周旋

她每年的收入還不夠_____生活上的基本需求。

勇氣　勇敢

他沒有_____面對高考失敗。

營利　盈利

商業廣告不同於公益廣告，其主要目的就是為了_____。

優良　優秀

地中海的土麥那無花果，品種最_____。

原形　原型

他的作品中的每個人物在生活中都有_____。

應接不暇　目不暇接

坐在汽車裏，奇峰異嶺撲面而來，令人_____。

約束　規範

露絲不顧丈夫的_____，決心去第七個房間探秘。

"**應付**"指對人對事採取措施或敷衍將就，可帶賓語；"**周旋**"指交際應酬或與敵較量，相機而動，不能帶賓語。

應付

"**勇氣**"是名詞，可做賓語或主語；"**勇敢**"是形容詞，可以做謂語或定語。

勇氣

"**盈利**"強調的是結果，指獲得利潤；"**營利**"強調的是過程，指謀求利潤。

營利

"**優良**"指品種、質量、成績、作風等十分好；"**優秀**"指品行、學問、成績等非常好。

優良

"**原形**"本來的形狀，原來的形態；"**原型**"原始的模型，特指文學藝術作品中塑造人物形象所依據的現實生活中的人。

原型

"**目不暇接**"與"**應接不暇**"都有眼睛看不過來的意思。"**目不暇接**"的對象是靜止不動的物品，而"**應接不暇**"的對象是相對運動的景物、人或事情。

應接不暇

前者指限制使不超出範圍；後者指使遵守約定俗成或明文規定的標準。

約束

閱歷　經歷

有的名著需要用大半生的
_____去讀，去讀出人生
況味。

蘊藏　隱藏

沙漠地區_____着大量的
石油資源。

運行　運營

這種信息交流平台短期內
並不能帶來實際的商業
_____收益。

讚歎　讚揚

他是想誇獎這件東西稀奇，
讓大家_____幾句。

贈送　惠贈

這個禮物我十分喜歡，謝謝
您的_____。

允許　准許

她接受父親的教訓，要他
_____她去做老師。

戰爭　戰鬥

十多年裏，軍隊經過了無數
次_____，連將軍都死在
戰場上。

"**閱歷**"由經歷得來的知識；
"**經歷**"親自見過，做過或遭受過的事。

閱歷

"**蘊藏**"強調含有大量的某種物質；"**隱藏**"強調不被發現。

蘊藏

"**運營**"比喻機構有組織地進行工作；"**運行**"周而復始地運轉，多指星球、車船等。

運營

前者只有"**稱讚**"之意；後者既有"**稱讚**"之意，又有"**表揚**"之意。

讚揚

"**惠贈**"敬辭，只可以表示自己對別人贈與的感謝；"**贈送**"沒有對象的限制。

惠贈

兩者都有同意某人或某個組織作某事的意思，"**允許**"答應、同意的意思，是很常見的用法；"**准許**"側重於上級、長輩，比較鄭重。

准許

"**戰爭**"範圍大，指民族國家階級集團之間的武裝鬥爭；"**戰鬥**"範圍小，一般指具體的武裝衝突。

戰鬥

張望　觀望

聽到叫喊聲，他四處＿＿＿。

展現　展示

孔雀喜歡開屏，＿＿＿＿牠色彩鮮艷的羽毛。

遮攔　遮擋

深秋的太陽沒＿＿＿＿地照在身上，煦暖得像陽春三月。

戰役　戰爭

中國在甲午＿＿＿＿中戰敗，影響極大。

珍貴　寶貴

銀杏樹、大熊貓都是＿＿＿＿的"活化石"。

兩者都有觀看，以便從中得到甚麼的意思，"**張望**"指向四周看；"**觀望**"指從遠處看。

張望

兩者都有表現出來的意思。"**展示**"常與"前景、未來、前途"等詞語搭配；"**展現**"常與"景象、形勢、形象、希望"等詞語搭配。

展示

兩者都有遮蔽阻擋的意思；"**遮攔**"其目的是為了不被發現；"**遮擋**"的目的則是為了保護。

遮攔

"**戰爭**"指民族之間、國家之間、階級之間或政治集團之間的武裝鬥爭，它不指某一具體的戰事；"**戰役**"指為實現一定的戰略目的而進行的具體戰事，範圍較小。

戰爭

兩個詞語都是形容詞，都有貴重的意思。"**珍貴**"適用的範圍較窄，一般只用來形容具體的事物，如紀念品、文物等；"**寶貴**"的程度則更深一些，可以用來形容抽象的事物，如經驗、才富等。

珍貴

偵察　偵查

警察們奉命對嫌疑犯張某＿＿＿＿＿＿、監視。

鎮定　鎮靜

遇到這種突發情況，他首先做的就是讓自己＿＿＿＿＿＿下來。

震懾　震撼

24 名聾啞演員表演的"千手觀音"精妙絕倫，＿＿＿＿＿＿人心。

正規　正軌

在老師和家長的幫助下，他終於走上了＿＿＿＿＿＿。

震盪　振盪

像"艾滋病"這樣重大疾病的蔓延都將會引起社會＿＿＿＿＿＿。

整頓　整飭

包拯決心＿＿＿＿＿＿一下這種腐敗的風氣。

"**偵查**"是司法用語,主要指調查和檢查;而"**偵察**"是軍事用語,主要指觀察和察看。

偵查

兩個詞都可以做形容詞,表示遇事沉着、穩重的意思,而"**鎮定**"還可以作動詞,"**鎮靜**"則不可以。

鎮定

前者指震動得使人害怕;後者指震動搖撼,使人精神感動。

震撼

"**正規**"是形容詞,經常做定語,如正規的學校等;"**正軌**"是名詞,一般做賓語,如納入正軌等。

正軌

"**震盪**"指外力引起的動蕩,也指精神上受到重大影響,不能平靜;"**振盪**"主要是物理學用語,指物體運動的一種形式或電流的週期性變化。

震盪

"**整頓**"使紊亂的變為整齊,或不健全的健全起來(多指組織紀律、作風等);"**整飭**"使有條理,整頓或使整齊,有條理。

整頓

直接　直截

造林的＿＿＿＿利益，是利用它所產出的木材。

鄭重　莊重

藺相如說和氏璧是無價之寶，要舉行個＿＿＿＿的典禮，他才肯交出來。

只有 / 才　只要 / 就

愛的嫩芽是細弱的，＿＿＿＿長起來的時候，它＿＿＿＿會強大無比。

正在　正要

這隻青蛙好像＿＿＿＿跳起來吃蟲子。

指責　指摘

朝野一致＿＿＿＿汪伯彥誤國害民，宋高宗不得不忍痛把他撤職。

證實　證明

多次試驗失敗後，＿＿＿＿了他的理論是錯誤的。

置疑　質疑

毋庸＿＿＿＿，中國優秀的民族文化是人類歷史上的一筆寶貴財富。

前者指不經過中間的事物，跟"間接"相對；後者指言語行動等簡單爽快直截了當。

直接

"莊重"側重在莊嚴，端正，多用於神情、舉止、裝束、品行等；"鄭重"側重在嚴肅，正式，常與宣告宣佈聲明等詞搭配。

鄭重

兩者都可以做表條件的連詞，"只有"表示必須條件；"只要"表示充分的條件。

只有 / 才

"正在"指事情處於進行中；"正要"指事情還沒有進行，就要發生。

正要

前者指責問(可褒可貶)；後者指挑出錯誤，加以批評。

指摘

"證明"適用面比較廣，被證明的可以是正確的，也可以是錯誤的；"證實"只限於證明假想或預測的準確性。

證明

"質疑"動詞，提出疑問，如質疑問難；"置疑"動詞，懷疑(多用於否定式) 如不容置疑，無可置疑。

質疑

制定　制訂

經過激烈討論，大會仍未
能_____出一份完滿的協
定。

專注　專心

這個青年人因為極端_____
於自己的科學領域而無暇他
顧。

終止　中止

一個人離開學校並不意味着
學習的_____。

裝載　承載

一塊小小的木板在水面上竟
然可以_____那麼重的物
體。

專長　特長

出版小說這類書籍是這個出
版社的_____。

裝飾　裝潢

這家店面的_____異常富
麗。

154

6

"制定" 涉及的問題比較複雜、正式、規範，規模較大；"制訂" 較多用於相對問題簡單、單項性的、短期的規劃活動，規模較小等。

制定

兩者都可以做形容詞，表示工作認真，注意力集中的意思，而 "專注" 還可作動詞，"專心" 則不可以。

專注

"終止" 指結束停止，表示事情全部結束；"中止" 指中途停止，側重於事情末做完。

終止

"承載" 托着物體，承受它的重量，突出承受之意；"裝載" 用運輸工具載。

承載

前者指專門的學問技能特長；後者指特別擅長的技能或特有的工作經驗。

專長

"裝飾" 在身體或物體的表面加些附屬的東西，使美觀；"裝潢" 指器物或商品外表的修飾，如對室內地面、牆面、頂棚等各界面的處理。

裝潢

壯麗　絢麗

秋天是最_____季節。

準確　正確

科學家們正在逐步提高地震預報的_____性。

追逐　追趕

遠處，兩隻野鴨在池塘裏_____戲水。

資力　資歷

過去，他總是認為那些新來的員工_____太淺。

兩者都有美麗好看的意思，
"**壯麗**" 形容富有氣勢的美，
常和山河、詩文、建築等搭
配；"**絢麗**" 形容有光彩的
美，常用於景物、服飾等。

前者指行動的結果完全符合
實際或預期，與"誤差、偏差"
相反；後者指符合事實道理
或某種標準，與"錯誤"相反。

絢麗

準確

157

"**追逐**" 強調目標比較明確，
兩者一前一後，對象只能是
具體的事物；"**追趕**" 強調速
度快，兩者速度相當，可以
是具體的事物，也可以是抽
象的。

前者指財力；後者指資格和
經歷。

追逐

資歷